瑞蘭國際

瑞蘭國際

瑞蘭國際

瑞蘭國際

# 日本文學經典賞析

## ❶上代文學篇

## 穿越時空的神話傳說與詩歌

國立政治大學日本語文學系
**鄭家瑜**教授　著

**奈良縣葛城郡，二上山的夕陽**（收錄於頁一九八）

原圖連結：Copyright (c) 2021 Katsuragi City. All Rights Reserved. 葛城市公式サイト https://www.city.katsuragi.nara.jp/kanko_bunka_sports/kanko/3/2/4418.html（西元二〇二五年七月二十五日查閱）

**遺失釣針後的火遠理命與鹽椎神**

（收錄於頁六十五）

原圖連結：古事記学センター蔵『古事記絵伝』より https://kojiki.kokugakuin.ac.jp/kibutsu/%E6%B5%B7%E4%BD%90%E7%9F%A5%E6%AF%98%E5%8F%A4%E3%81%A8%E9%89%84%E3%81%AE%E9%87%A3%E9%87%9D/?utm_source=chatgpt.com（西元二〇二五年七月三日查閱）

出處：CC BY—NC—SA 國學院大學「古典文化学」事業 https://kojiki.kokugakuin.ac.jp/

**奈良縣葛城郡，二上山與紫雲英（又稱紅花草）**（收錄於頁一九九）

原圖連結：Copyright (c) 2021 Katsuragi City. All Rights Reserved. 葛城市公式サイト https://www.city.katsuragi.nara.jp/kanko_bunka_sports/kanko/3/2/4418.html（西元二〇二五年七月二十五日查閱）

# 叢書序

## 在時代的大河中，與文學相遇

文學，是文化呈現的一個方式，透過文學作品的賞析，可以更深入理解文學背後的文化意義。諸多文學作品經過時代的洗禮，成為經典，流傳至今。無論是戀愛故事、英雄故事、志怪故事、神話傳說、傳統詩歌或是近現代小說；無論是採用隨筆、小說、詩歌或是其他的文學類型，文學作品中所描繪的角色形象，或是令人感動、驚奇等等扣人心弦的場景，都使得這些文學作品呈現出不同時代人們生活的多種面向。其中的詞章語句，亦流露出豐富的美感與文藝性，使人沉醉其中，或喜不自勝，或感動哀愁。經典文學作品有著此般力量，才得以在時代的洪流中屹立不搖、永久流傳。

臺灣，無論在歷史、文化、社會經濟、政治外交等各方面都與日本有著密切的關連，每年學習日語或是前往日本旅遊的人口不計其數，由此可知臺灣民眾對於日本文化（包含動漫文化）有著高度的興趣。在此社會文化背景下，本套叢書聚集九位在臺灣各大學執教鞭的文學老師共同編撰，精心摘選各時代的經典文學作品，分別以「作者與作品簡介」、「原文摘錄」、「日文摘要」、「中文摘要」、「作品賞析」、「延伸學習」、「豆豆小知識」等項目進行解說，引領日語學習者以及日本文學愛好者，藉由此套叢書進行自主學習以及課後延伸學習，以增進對日本文學的賞析能力，以及其背後之文化層面的理解。

本套叢書共有九冊，分別為《上代文學篇》、《中古文學篇》、《中世文學篇》、《近世文學篇》、《近代文學篇》。除了《上代文學篇》將散文與韻文合為一冊，以及《近代文學篇》分為「明治・大正時期」與「昭和前期」，並將散文與韻文合為一冊外，其餘各個時代的散文與韻文各分一冊，以期更完整收錄各時代經典作品。以下為各冊簡介：

第一冊《上代文學篇》由筆者負責撰寫，節選《古事記》、《日本書紀》、《萬葉集》、《風土記》、《懷風藻》等書中的經典作品，例如：〈黃泉國故事〉、〈海宮訪問故事〉、〈聖帝傳說〉、〈浦島傳說〉、〈羽衣傳說〉、〈大津皇子的臨終歌〉等，嘗試透過神話傳說、萬葉詩歌、漢詩、地方軼聞，配搭筆者的田野調查資料，帶領讀者進入神祕卻又奔放的上代文學世界。

第二冊《中古文學篇（散文）》由世新大學日本語文學系蔡嘉琪老師撰寫，精選出《源氏物語》、《土佐日記》、《枕草子》、《今昔物語集》等平安時期雋永傳世的散文作品，類型涵蓋物語、日記、隨筆、說話等。當中選錄的未必是知名的章節，作者希望透過現代人的視角加以詮釋，以循序漸進地引導現代讀者走入平安文學的優雅世界。

第三冊《中古文學篇（韻文）》由東海大學日本語言文化學系陳文瑤老師撰寫，精選《古今和歌集》、《詞花和歌集》等六部朝廷命令編纂的和歌集，收錄其中代表作。內容描繪平安朝和歌發展的脈絡與情感，全書兼顧原文韻味與現代詮釋，以親切易懂的導讀，陪伴讀者輕鬆親近中古時代的和歌文化，感受平安貴族社會的美感意識與細緻情懷。

第四冊《中世文學篇（散文）》由臺灣大學日本語文學系曹景惠老師撰寫，精選隱者文學《方丈記》、《徒然草》，軍記物語《平家物語》，說話文學《十訓抄》、《沙石集》、《宇治拾遺物語》等中世時期代表作品，帶領讀者一同領略中世社會的信仰、思想、美意識與生命觀，進而體會動盪時代中人們對心靈安寧的追求與生命無常的省思。

第五冊《中世文學篇（韻文）》由淡江大學日本語文學系蔡佩青老師撰寫，涵蓋《新古今和歌集》、《小倉百人一首》、《玉葉和歌集》等各類型和歌選集，亦延伸至與和歌發展息息相關的連歌及謠曲。精選膾炙人口的名歌，以輕鬆說故事的筆觸，描繪和歌詩人的人生故事與詠歌背景，搭配雅致易懂的中文譯文，帶領讀者感受純日系的詩情風雅之境。

第六冊《近世文學篇（散文）》由元智大學應用外語系梁蘊嫻老師撰寫，內容涵蓋草雙紙中的兒童讀物、黃表紙與洒落本中的滑稽諷刺、浮世草子的人生寫照，及合卷與人情本的世間情態。並收錄淨瑠璃與歌舞伎劇作，展現人性與時代交錯的深刻描繪。另納入前後期讀本與怪談作品，勾勒近世文學奇想的世界，呈現江戶庶民文化的多元風貌。

第七冊《近世文學篇（韻文）》乃中國文化大學日本語文學系沈美雪老師執筆，精選江戶時代庶民文藝之菁華，以雅俗兼備的俳諧與幽默諷刺的川柳為主軸。收錄寄身浮世、行腳天涯的松尾芭蕉詩作，遊歷吟懷之《野晒紀行》、《笈之小文》、《奧之細道》。並收錄鄉思婉轉、詩畫相依的與謝蕪村；天真率性、詩出自然的小林一茶等人作品。

第八冊《近代文學篇（明治．大正時期）》由政治大學日本語文學系高啟豪老師撰寫，聚焦明治、大正文學發展。探討二葉亭四迷的言文一致體帶來的近代化，夏目漱石與森鷗外筆下的個人精神覺醒，並介紹自然主義的田山花袋、白樺派的有島武郎、耽美派的谷崎潤一郎，以及芥川龍之介、宮澤賢治等作家呈現的思想內核，勾勒近代文學多元的樣貌。

第九冊《近代文學篇（昭和前期）》由元智大學應用外語系廖秀娟老師精心編撰，聚焦於昭和初期至二戰結束前後的文學脈動。透過對江戶川亂步、小林多喜二、太宰治、中島敦、原民喜等作家的作品分析，展現了當時文學如何與社會變遷、個人命運及時代衝突相互交織。書中從偵探、革命、疾病、原爆等多角度深入探討，使讀者能夠更全面理解昭和文學的獨特面貌與歷史意義。

此套叢書的九位作者，在服務、教學、研究這胡椒鹽（服教研）忙碌的生活中，利用週末假日、寒暑假撰寫書籍並前往日本取材取景，歷經十次左右的編輯會議，共同討論編撰方向。若非作者群的老師們對於日本文學的熱愛、對於想將日本文學的瑰寶傳遞給年輕學子的熱忱、對於團隊合作的互助與包容；若非犧牲奉獻、無私無我的精神，此套叢書著實難以誕生，在此特別感謝作者群老師們的努力不懈與堅持。後續將會配合各書的進度，依序付梓。

此外，在出版業生存困難的今日，瑞蘭國際出版的王愿琦社長、葉仲芸副總編輯以及編輯團隊的夥伴，願意秉持「出好書」、「貢獻社會」的態度，長達數年的光陰，不斷鼓舞作者群，並於編輯期間付出極大的耐心與細心進行校訂，才得以讓此套叢書與讀者有機會相遇。期盼透過這套叢書，能為日本文學之學習者帶來更加完備的文學素養，同時兼具知識性與趣味性，引領學習者愉悅地進行自主學習、品嚐日本文學之美。

國立政治大學日本語文學系教授
兼本叢書召集人
鄭家瑜
二〇二五年四月吉日　於臺北木柵

# 推薦序①

臺灣學者，研究日本上代文學，據我所知，除鄭家瑜別無第二人。所以我說鄭家瑜是臺灣日本上代文學研究的第一人，至少到目前為止，沒有人反對吧！

這次，鄭家瑜教授擔任共九冊《日本文學經典賞析》的召集人，並撰寫這本《日本文學經典賞析　①上代文學篇：穿越時空的神話傳說與詩歌》，忝為家瑜教授大學時代老師，有幸為這本作品贅言幾句。

本書有三大特點：

## 一、選材適當

這本書主要以八世紀的《古事記》、《日本書紀》、《風土記》、《萬葉集》、《懷風藻》五部作品為中心。以文體區分，可分為散文的《古事記》、《日本書紀》、《風土記》，和韻文的《萬葉集》與《懷風藻》。

一般談論日本神話，主要根據《古事記》與《日本書紀》。然而，二者之間差異甚大。《古事記》由上、中、下三卷構成，上卷的「神代卷」占三分之一，皆為記述有關神的世代之事。編撰者所要強調的是，天神是日神天照大神的子孫，日本的原始祖先來自天神。而《日本書紀》三十卷中，神代部分僅第一卷與第二卷。

神話以隱喻和象徵方式表達，因此，我們無法以實證方式來理解神話。神話指引我們轉向內在的追尋，我們從神話中接收象徵符號所傳遞出來的訊息，從而引導我們認識自己的生活。

《風土記》是一種地方志，包括大量的民間傳承。

《萬葉集》是日本最古老的詩歌集，與《古今和歌集》、《新古今和歌集》並稱日本三大和歌集。萬葉假名，自成一體系。清新、質樸與寫實的詩風，明治時期的正岡子規重新喚起大家的重視。如作者所說：《萬葉集》是「考察日本原始思考模式、生活型態、文化形成等等方面的一級資料。」、「被廣泛地應用在日本的歷史、民俗、考古以及文學等各個領域。」。

順便一提，「令和」乙詞即取自《萬葉集》。

二、「文本」與「日文摘要」、「中文摘要」相互比對

讀者既可了解大概內容，透過中日文摘要的相互參照，也可了解中日文行文的差異、句子結構的不同，有助於語學的學習。

三、「作品賞析」與「延伸學習」言簡意賅、深入淺出

例如〈黄泉國訪問神話〉，不僅說明黄泉國是什麼地方、黄泉國訪問神話的發展

過程，還點出與考古、習俗相關的「橫穴式古墳」、「洞窟他界觀」等的關連性。不難看出神話與後世文學、風俗、傳說，乃至於日本人深層的精神構造皆有密不可分的關係。

仔細閱讀本書，當可同意我說鄭家瑜教授是臺灣日本上代文學研究的第一人，指的不僅是表面的人數統計，更重要的意涵是指她對日本上代文學研究的深入，與豐富的學養。

前國立高雄第一科技大學副校長
紫式部《源氏物語》譯者
林水福

# 推薦序②

十九世紀，在「法國碩學」泰恩（Hippolyte-Adolph Taine）的《英國文學史》（一八六三至一八六四年）問世後，文學史漸形成一個學門。西歐各國學者開始陸續編寫自己本國的文學史，亞洲方面最早趕上這股熱潮的，應屬當時積極西化的日本。東京大學的兩位青年學子，三上參次、高津鍬三郎共同編撰了《日本文學史》（金港堂，一八九〇年）頗受日本學界的矚目。之後也有多位知名學者陸續編寫日本文學史，時代區分則參考西歐的劃分法，再融合日本自己的國情文化，漸確立為上代、中古、中世、近世、近代（現代）。

上代（七九四年以前）不只時代最古老，在日本文學形成及發展之際，也扮演著極重要的角色，不僅可從中窺探出日本文學由口傳文學發展成記載文學的過程，亦可了解日本文學與中國文學的密切關聯。此外，也是研究語言、文學、民俗、宗教、歷史、風土等領域的重要參考寶庫。上代經典文學著作在日本人文科學領域，實佔重要的一席。

鄭教授多年來潛心研究日本文學，尤其是對日本上代文學投入了諸多心血，頗受學界重視，是臺灣編撰日本上代文學的不二人選。在編撰這次著作時，共選了五部廣為人知，並影響後世頗鉅的作品，即《古事記》、《日本書紀》、《風土記》、《萬葉集》、《懷風藻》。同時從這五部作品中挑選出兩篇神話、四篇傳說、三篇歌謠，每一章在編排之時，皆分為「作者與作品簡介」、「文本」（包括原文摘錄及中日文摘要）、「作品賞析」、「延伸學習」，有的作品還會加上豆豆小知識進行補充。

在編寫之時，鄭教授極重視作品內容的解讀，如〈黃泉國訪問神話〉裡有關「黃泉國」一詞的說法。「黃泉國」是伊耶那美死後所在的國度，《日本書紀》裡只使用「黃泉」或「泉國」等用詞，何以《古事記》自始至終都僅用「黃泉國」一詞，是有何意涵？另外，兩神在黃泉比良坂訣別之時，伊耶那美對伊耶那岐說：「我每日要使你的國度裡一千人死去」，對此，伊耶那岐也回道：「我每一天使一千五百個生命誕生」。除了可看出兩神反目成仇，從此「黃泉國」與「葦原中國」兩國互不往來之外，還可看出兩神各自擁有什麼特殊能力？又《古事記》裡的〈黃泉國訪問神話〉與出雲國地方的各種傳說、地名、黃泉信仰又有何種關聯呢？這些都在書中有詳盡的分析與解說。

此外，〈山幸海宮訪問神話〉、〈聖帝傳說〉、〈神功皇后傳說〉、〈箸墓傳說〉，也因該故事本身就融合了各種類型的故事，鄭教授也盡量蒐集沖繩、韓國、中國、東南亞等地的相似類型故事，以饗讀者，使得內容更豐富精彩。另外，豆豆小知識部分，還會結合現代日本的景物、事物做說明，像是大家所熟知的神社（花窟神社）及古墳「大仙陵」（位於大阪，被認為是仁德天皇的皇陵），或是現代知名動畫作品《神隱少女》的故事，說明該故事與現代日本的關聯性，深化讀者對該故事的了解，由此可看出編寫者的用心。

這部著作是第一部為臺灣的學子用中文撰寫而成的上代日本文學經典，除了在編排之際盡量蒐集各種相關的資料外，解說時也竭力地深入分析探索，可讓讀者對日本上代文學有更廣更深的認識，確實值得讀者細細品味。

國立臺灣大學日本語文學系名譽教授

陳明姿

# 作者序

這些年來，日本的動畫、漫畫、電影風靡全球，當然也包含臺灣。許多中生代或是新生代的朋友在動漫畫中成長，形成了共同的語境以及回憶。然而，許多動漫的元素、場景或部分情節並非憑空出現，而是源自日本文化或文學。例如：宮崎駿《神隱少女》、新海誠《言葉之庭》和《你的名字》、吾峠呼世晴《鬼滅之刃》等動漫中的「言靈信仰」、「異界訪問」、「鬼／殺鬼」等元素，都是早已出現在日本上代文學作品中，形成日本文化底蘊的重要一環。除此之外，臺灣每年的日語學習或赴日旅遊人口不計其數，針對日本傳統文化、神社或祭典由來等等都具有高度的興趣，而這些文化，也都和日本上代文學息息相關。

基於上述背景，筆者以日語學習者或對日本文學、文化有興趣者為對象，從《古事記》、《日本書紀》、《萬葉集》、《風土記》、《懷風藻》這五部全都擁有「日本第一」[1]之稱譽的上代文學經典作品，精心節選神話、傳說、和歌、漢詩、地方軼聞等共九篇作品，進行深入淺出的「作品與作者簡介」、「文本介紹」、「中日文摘要」以及「作品賞析」，與讀者分享、共賞。同時，筆者於各篇作品皆標示日語讀音，

①《古事記》為日本現存第一本書籍，《日本書紀》為日本史書之濫觴，《萬葉集》與《懷風藻》為日本首部的和歌集以及漢詩集，《風土記》則為日本首部的地方志。

並將古文讀法改以現代日語方式呈現，於難字、難辭中加之附注，以期幫助讀者能更順暢地閱讀、快速入門，並掌握日本上代文學的精華，進一步對日本文學以及其背後之歷史文化有更深的理解。

本書為《日本文學經典賞析》系列叢書之第一冊《上代文學篇》，共有十一章，由序章、內文九章、終章構成。序章為日本上代文學概說，論述上代文學之時代背景、文學發展之起源、主要文學作品以及表記方式等等。第一至三章分別討論記載於《古事記》中之〈黃泉國訪問神話〉、〈山幸海宮訪問神話〉以及〈聖帝傳說〉；第四至五章分別論述《日本書紀》之〈神功皇后傳說〉、〈箸墓傳說〉；第六至七章則討論《萬葉集》之〈雄略天皇歌〉以及〈詠水江浦島子歌〉；第八章論述《風土記》之〈伊香小江傳說〉；第九章介紹《懷風藻》之〈大津皇子臨終歌〉。本書最後則以〈上代文學之風格與特色〉作為終章。

本書各章之間息息相關、環環相扣，例如：第一章〈黃泉國訪問神話〉的延伸學習中便已論述到《風土記》「黃泉之穴」的傳說；第二章〈山幸海宮訪問神話〉亦討論環太平洋諸國中型態類似的故事；第四章〈神功皇后傳說〉也論及《萬葉集》之神功皇后釣魚傳說、魚占傳說等；第七章〈詠水江浦島子歌〉亦論及《日本書紀》《風土記》之相關故事。從這裡也可以知道，在上代文學的各個作品中有許多重複的主題，各個文本之間可以進行相互比對，內容也可以相互增補，彼此之間形成「互為文本」

的關係。

為提供更多自主學習、擴充相關知識之機會，本書設有「延伸學習」的項目，將該章主題與重要神話傳說元素或文化要素抽出，進行延伸內容的補充與分析。另設有「豆豆小知識」以增補與主題相關之氏族、祭祀或古墳等歷史社會文化解說。期盼本書能增強日語學習者以及日本文學愛好者之上代文學知識，引領讀者進入日本上代文學這個神祕又奔放、日本文學胎動的世界中。

政治大學日本語文學系
鄭家瑜

二〇二五年七月十四日

# 凡例

1.《古事記》、《日本書紀》、《風土記》、《萬葉集》之原文摘錄皆取自《新編日本古典文学全集》（東京：小学館）。

2.《懷風藻》之原文摘錄取自小島憲之校注（一九六四）《懐風藻　文華秀麗集　本朝文粋》日本古典文学大系六十九（東京：岩波書店）。

3.本書之「文本」，細分成「原文摘錄」、「日文摘要」、「中文摘要」等三大部分。「原文摘錄」是作者悉心摘選的原文精彩段落，其中部分使用「中略」（中間內容省略）、「後略」（後方內容省略），以達精簡易讀之效。「日文摘要」與「中文摘要」並非「原文摘錄」之翻譯，而是以現代日語以及中文將故事梗概進行陳述，以利讀者快速理解故事全貌。

4.「原文摘錄」中若有晦澀難懂處（例如第六、七、九章）則附上「読み下し文」[①]供參，其餘章節則省略。本書之「読み下し文」，依循文本出處之「読み下し文」的讀音標

① 又稱「訓み下し文」（よみくだしぶん），指將原本以漢字或漢文撰寫的文章，依照日語的語法與語序重新編排，並以假名標示其讀音，使其符合日語的閱讀與理解方式。這種處理方式廣泛應用於日本的古代文獻之中，使用「歷史假名遣」進行表記，為日文中的古文。

記，並採用「歷史假名遣」（舊假名遣，日文中的古文之讀法）。

5.「歷史假名遣」之讀音重點如下：

(1) 古文之ワ行表記為「わゐうゑを」，讀為「わいうえお」。（例如：井(ゐ)→井(い)。声(こゑ)→声(こえ)。青(あを)→青(あお)）

(2)「ぢ」、「づ」讀為「じ」、「ず」。（例如：恥(はぢ)→恥(はじ)。水江(みづのえ)→水江(みずのえ)）

(3)「くわ」、「ぐわ」讀為「か」、「が」。（例如：化(くわ)→化(か)。外(ぐわい)→外(がい)）

(4) 單詞之第二（含）字之後所出現的「はひふへほ」，讀為「わいうえお」。（例如：磐(いは)→磐(いわ)。咋(くひ)→咋(くい)。会(あ)ふ→会(あ)う。家(いへ)→家(いえ)。大(おほ)→大(おお)）

(5) 助詞之「は」、「へ」、「を」，讀為「わ」、「え」、「お」。

(6)「む」讀為「ん」。此情況大多出現於單詞之第二（含）字之後所出現的「む」、助動詞的「む」、「らむ」、「けむ」或是助詞「なむ」等等。（例如：東(ひむかし)→東(ひんがし)。咲(さ)かむ→咲(さ)かん。書(か)くらむ→書(か)くらん）

(7) 母音轉化及母音長音化。

母音「a＋u」時，「a」音讀為「o」。（例如：当(たふ)→当(とう)）。

母音「i＋u」時，「i」讀為「yu」。（例如：急(きふ)→急(きゆう)）。

母音「e＋u」時，「e」讀為「yo」。（例如：今日(けふ)→今日(きよう)）。

母音「o＋u」時，讀為「o－」（長音）。（例如：王(おう)→王(おー)）。

6. 各章所載詞彙，僅於其首次出現時標音，之後重複出現則不再標音，以維持版面整潔並提升閱讀的流暢度與便利性。
7. 為區別原文與割注（文中的小字說明），特將割注以【】提示。
8. 全書採用隨頁腳注方式進行重要語彙、語意、補充說明及參考文獻等之注解。
9. 承8，有關注解之序號標示，若為單詞之注解，則直接標號於該單詞之後；若該單詞有括號時，則標號於括號後；若為句子之注解，則標號於句讀點之前；若為段落之注解，則標號於該段最後的句點之後。
10. 有關《萬葉集》和歌之歌號的呈現方式，第一卷第一首歌的日文寫成「卷一：一」，中文寫成「卷一：歌號一」，以此類推。
11. 為利讀者更深入了解作者以及文本之背景與意涵，本書設有「作者與作品簡介」、「作品賞析」、「延伸學習」、「豆豆小知識」、「插圖」或「附圖」等項目供參，並將參考文獻整理於各章文末。
12. 書中所使用的圖片，未標明出處者，皆為作者親自拍攝或友人提供。
13. 本書適用於對日本上代文學有興趣之日語初階以及進階程度的讀者。

# 目次

# 序章 上代文學概論①

## 1 上代的歷史與文化發展

從日本歷史發展的角度來看，所謂的「上代」，主要是指西元一世紀左右到西元七九四年遷都至平安京為止的這段期間。此一時期可細分為彌生時代（弥生時代）末期、大和時代（大和時代）與奈良時代（奈良時代）。最初，人們主要以打獵和捕魚維生。隨著時間推移，開始形成較大的聚落，同時展開農耕生活。到了四世紀中葉，

① 本篇內容主要參考以下文獻：
真下三郎等監修（一九六九年初版，二〇〇三年改訂四十三版）《新編日本文学史》，広島：第一学習社，頁八至九。
浅井清・速水博司編著（一九八〇年初版，一九八七年版）《日本文学史のまとめ》，東京：明治書院，頁一至二。
浜島書店編集部編著（二〇〇三）《最新国語便覧》，愛知：浜島書店，頁四十八至四十九。
有精堂編集部編著（一九八七）《時代別日本文学史事典（上代編）》，東京：有精堂，頁一至十三。

大和政權②逐漸建立，並開始與朝鮮半島往來。

而從藝術與宗教文化方面來說，隨著自朝鮮半島渡海來到日本的朝鮮人（稱為「渡来人(とらいじん)」）增加，日本在五世紀後半開始使用漢字。六世紀中葉，佛教傳入了日本，影響了日本人的思想與生活型態。進入七世紀後，聖德太子派遣遣隋使，積極吸收中國大陸的文化，並催生了日本最早的佛教文化——「飛鳥文化」（飛鳥文化(あすかぶんか)）。七世紀中葉，孝德天皇（孝德天皇(こうとくてんのう)）的時代，實施了大化革新③；天武天皇（天武天皇(てんむてんのう)）則在王申之亂④獲勝後登基，積極投入以中央政府為中心的律令體制國家之建設。從七世紀中葉到八世紀初期的這段期間，日本受到中國初唐、朝鮮等地區的文化、建築、工藝、佛教藝術與政策、律令制度等各方面的影響，開創出極具國際化以及文化融合色

② 從四世紀左右到七世紀中期，大和地區（現今之奈良縣南部）的豪族以「大王」為中心結成聯盟，並逐步統率各地豪族，形成了一種權力體系。由於這是一種相較於中央集權國家體制而言，較為自由的豪族聯合形式，因此被稱為「政權」或「王權」。因其主要發展於大和地區，而被稱為「大和政權」或「大和王權」。此政權隨著時間推進，到了七世紀左右，「大王」逐漸被稱之為「天皇」，大和政權也漸次發展成以天皇為中心的中央集權國家，被稱為「大和朝廷」。

③ 大化革新（大化改新（たいかかいしん））是古代重要的政治改革之一，發生於西元六四五年孝德天皇在位的時期，主要由中大兄皇子（（なかのおおえのみこ／おうじ），日後的天智天皇（てんちてんのう））所主導，改革內容涉及公地公民制度、地方行政制度、戶籍與土地分配制度等等。透過這些政策，以改革豪族對人民或土地的私有或濫權等狀況，強化以天皇為中心的中央集權體制，可說是日本律令國家形成的關鍵時期。

④ 王申之亂（王申の乱（じんしんのらん））發生於西元六七二年，天智天皇死後，天智天皇之弟大海人皇子（（おおあまのみこ／おうじ），日後的天武天皇（てんむてんのう））與天智天皇之子弘文天皇（（こうぶんてんのう），也就是大友皇子（おおとものみこ））之間所引起的皇位繼承之爭。

彩的「白鳳文化」（白鳳文化）。進入奈良時代後，日本更是深受中國盛唐文化的影響，綻放出以唐風文化為主軸的「天平文化」（天平文化）。

## 2 從口傳文學演變至記載文學的重要時期

相對於歷史與宗教文化等方面的進程，若從日本文學發展之角度來說，所謂的「上代」，主要是指日本文學啟蒙並且開展的時代。

文學的發生，與人類的集團生活和祭祀有著密切的關係。人們從原始時代到古代前期過著集團生活，崇敬自然與神明，因此祭祀神明的儀式變得與人們的日常生活息息相關。集團活動雖以祭祀為中心，但隨著人們的聚集，逐步發展出娛樂的性質，更進一步演變成傳說、歌謠和舞蹈三者合一的形式，文學也在其中孕育而生。而隨著漢字的傳入⑤、宣命書寫法⑥、萬葉假名（後述）等文字記錄方式的登場，原本代代口耳

⑤有關漢字傳入日本，在日本倭國五王的時代，大和朝廷頻繁派遣使節前往中國的東晉和宋朝，想要借用中國的權威使大和朝廷的政權得以鞏固。而這也使得日本開始重視漢字文化，尤其是建構於漢字文化之上的行政管理系統。日本在七世紀初期制定了「冠位十二階」和「憲法十七條」，並模仿中國的政治體制制定了「律令」。當時的日本官員們為了學習和使用這些制度和文化，便開始學習漢字，進一步推動了漢字在日本的發展。（漢字：《国史大辞典》，https://japanknowledge.com/lib/display/?kw=%E6%BC%A2%E5%AD%97&lid=30010zz121070 西元二〇二四年七月八日查閱）

⑥所謂「宣命書寫法」，是一種以漢字與萬葉假名混合書寫的方式。其主要特徵是：將名詞，以及動詞、形容詞、形容動詞等詞類的語幹部分，用漢字（即大字）書寫；而助詞、助動詞，及動詞、形容詞、形容動詞等的活用語尾，則以一音一字的萬葉假名標記，並以較小的字體寫在漢字的右下角。詳參注一，真下三郎等監修《新編日本文学史》頁十五。

相傳的「口傳文學」，逐漸演變為文字記載的「記載文學」。

有關「口傳文學」，古代人的生活大多受到大自然環境的影響，從而使得人們認為神明支配大自然，於是便開始祭祀並向神明祈禱。集團性質的祭祀、旋律以及肢體動作，成為了後世文學和戲劇的基礎。「咒詞」、「歌謠」、「神話」、「傳說」等等，皆屬於「口傳文學」的類型。其中，「咒詞」是指祭祀時所說的話語，咒詞和言靈信仰深深結合，成為高雅的語言表現形式，修辭也十分優美；「歌謠」主要是人們將情感化為有韻律感的歌詞，並反覆歌詠；「神話」則是人們抱持對神明的敬畏及信仰，描述神明活動的故事；而「傳說」則多為各氏族的歷史或祖先的故事。

漢字的傳入，讓日本文明的發展大大往前一步。漢字不僅是一種外來文字，更是一整套知識文明體系的載體。日本在接受漢字的過程中，並非只是原封不動地挪用，而是在吸收的同時，進行語言與文化的轉譯。日本以漢字為基礎，發展出自己的文字（萬葉假名、平假名⑦、片假名⑧等等的假名體系）。同時，日本上代的文人也大量使用漢籍典故（例如：《史記》、《漢書》、《後漢書》、《淮南子》、《楚辭》、《禮記》等等），並直接模仿漢文來書寫，例如：《日本書紀》（日本書紀（にほんしょき））全書使用漢文，

⑦ 平假名是萬葉假名的草寫體簡化（稱之為「略草體」）後所創造出來的系統性假名體系。此體系的文字是基於漢字設計而來，用以表記日語，每個音節為一個單位，對應成一個字母。

⑧ 片假名是萬葉假名省略了漢字部分筆劃後所建構出來的假名體系。一般來說，每個字代表一個音節，是為表音文字。

除人名、地名或歌謠等部分使用萬葉假名進行標記，其餘皆模仿中國《左傳》之編年體以及漢文敘事的方法；《懷風藻》（懐風藻）亦全書為漢文。

日本上代文學從「口傳」到「書寫」的過渡，是東亞文化史、語言史上一項重要的文化轉變。而其中，萬葉假名更是扮演關鍵的角色。「萬葉假名」[9]是日本在發明「平假名」與「片假名」前所使用的一種用「漢字」來表示「日語音節」的書寫方式，由於《萬葉集》（万葉集）中大量使用此種表記方法，因而被稱之為「萬葉假名」。除了《萬葉集》之外，《古事記》（古事記）、《日本書紀》等書的人名、地名以及歌謠中也經常會出現萬葉假名。

萬葉假名的表記方式主要分為兩大類型，一是借用了漢字的字義來進行表記，稱之為「訓假名」或「字訓假名」，例如「天（あめ）」、「寒（ふゆ）」；二是借用漢字的字音來進行表記，稱之為「音假名」或「字音假名」，例如「許己呂（こころ）」、「八間跡（やまと）」。《萬葉集》全書中以「音假名」居大宗，並且以一個漢字對應一個發音的形式最多，這也使萬葉假名幾乎發揮了假名文字的功能，讓本來只能透過記憶與聲音傳承的咒詞、歌謠、神話傳說，首次能以幾近「語音直錄」的方式被書

⑨「萬葉假名」相關內容詳參：
米谷潔（二〇二三年）《万葉仮名小辞典―万葉集・古事記歌謡》，東京：株式会社二十二世紀アート，頁一。
真下三郎等監修，本章注一書。
「万葉仮名」：《国史大辞典》https://japanknowledge.com/lib/display/?kw=%E4%B8%87%E8%91%89%E4%BB%AE%E5%&lid=30010zz452610（西元二〇二四年七月八日查閱）

寫下來，表現出「聲音的文學性」。在日本上代文學中，萬葉假名可說是扮演了承接口傳文學與推動記載文學發展的橋樑，以及文化轉譯與文學創造的中介角色。

整體而言，日本上代在文字使用、都城規劃、律令制度、文學文藝、政治社會、文化典章等等都受到中國極大的影響。同時，渡來人所傳來之工藝、佛法等也促進了日本上代之發展。東亞諸國逐漸形成一個以漢字為媒介之東亞漢字文化圈，在此文化圈中，日本、中國、朝鮮諸國在政治外交、社會文化各方面相互有著密切的關係，卻也各自走出自己的道路。

其中，日本上代文學以漢字為基礎，逐漸發展出變體漢文⑩、漢文、萬葉假名、和歌、漢詩等豐富的樣貌，分別被收錄在《古事記》、《日本書紀》、《萬葉集》、《風土記》（風土記（ふどき））、《懷風藻》等不同類型的文學著作中。《古事記》與《日本書紀》（合稱為《記紀》〔記紀（きき）〕）以史書形式敘述神話與歷史，書中記錄大量的古代神話傳說與信仰，同時又帶有政治正統性的論述；《風土記》記錄地方地理、傳說與風俗；《萬葉集》則蒐集了各階層的和歌，是早期日本歌詠文化的集大成；《懷風藻》則模仿中國漢詩，是日本最早的漢詩集。

⑩所謂的「變體漢文」，是相對於「純漢文」（即正統文言文）而言的概念。其書寫方式主要以中國式漢文為骨幹，再加入日語語法或註記，在上代文學中多以漢文與萬葉假名混合的型態出現。

## 3 以《古事記》為首、深深影響後世文學的五大作品

除了從日本文學發展的角度來看之外，若就文獻編撰與成書的時期而言，則是以八世紀成書的《古事記》、《日本書紀》、《風土記》、《萬葉集》、《懷風藻》等五部作品為中心。以下依據《時代別日本文學史事典（上代編）》⑪所述，簡介此五部作品的內容。

《古事記》共三卷，由太安萬侶（太安万侶）所編。成書於和銅五年（西元七一二年）。內容敘述神代⑫以及第一代天皇神武天皇（神武天皇）至第三十三代天皇推古天皇（推古天皇）的系譜與故事，採用變體漢文的敘事方法。

《日本書紀》共三十卷，由舍人親王（舎人親王）等人所編。成書於養老四年（西元七二〇年）。內容敘述神代以及第一代天皇至第四十一代天皇持統天皇（持統天皇）的系譜與故事，採用漢文編年體的敘事方法。

《風土記》是和銅六年（西元七一三年）各地方小國依照中央政府的命令所編撰的地方志，內容包含大量地方傳承故事。目前有「常陸」、「播磨」、「出雲」、「豐後」、「肥前」等五國的風土記流傳下來。《出雲國風土記》成書於天平五年（西元七三三年），其餘風土記則成書時期不明。

⑪ 本章注一書。

⑫ 在此指天地開闢至神武天皇誕生之間的神話故事。

《萬葉集》是日本現存最早的和歌集，共二十卷，編者不詳，但大伴家持（大伴(おおとも)家持(やかもち)）被認為可能是最終編者。歌型主要以短歌、長歌為主，並分「雜歌」、「相聞」、「挽歌」、「羈旅」等類別，一共約四五〇〇多首。成書時間不明，在有明確記載年代的和歌中，最晚為天平寶字三年（西元七五九年）的和歌。

《懷風藻》則為日本最早的漢詩集，共一卷，撰者不詳，成書於天平勝寶三年（西元七五一年）。書中收錄了日本近江朝⑬以後至該書編撰時這段期間的漢詩，依年代排列。作者共有六十四人，作品共有一二〇首。其中，伺宴從駕⑭之作最多，共有三十四首。

上述五部作品雖都是成書於八世紀，不過《古事記》、《日本書紀》以及《風土記》中的神話傳說包含了口傳文學時代的痕跡，並且《萬葉集》中也收錄了五世紀仁德天皇、雄略天皇時代的作品，因此筆者認為八世紀之前的數個世紀也應列為上代時期之「前史」，一併納入上代文學的範疇中。

以《古事記》為首的這五大作品，著實是各種口傳神話、傳說、歌謠之集大成與文字紀錄，它們除了是史書以及地方志外，也是優秀的文學作品。這些八世紀成立的

⑬ 近江朝（おうみちょう），指的是中大兄皇子於西元六六七年將都城從飛鳥（〔あすか〕，現今之奈良縣高市郡明日香村附近）移至近江大津（〔おうみおおつ／おうみのおおつ〕，現今之滋賀縣大津市附近），並於隔年即位成為天智天皇後的朝代。

⑭ 「伺宴從駕」是指在宴席中侍奉君主，並隨侍君王出行或巡幸之意。

書籍中所呈現的書寫方式、文學體裁、神話傳說之結構與主題、人物形象等等，都深深影響後世文學作品。因此，本書將以這五部作品為主軸，挑選經典文章進行解析與鑑賞，藉以探索日本上代文學之美麗與神祕，並更深入理解其背後所蘊含之文化意義。

## 4 主要參考文獻（依出版日排列）


- 真下三郎等監修（一九六九年初版，二〇〇三年改訂四十三版）《新編日本文学史》，広島：第一学習社
- 浅井清・速水博司編著（一九八〇年初版，一九八七年版）《日本文学史のまとめ》，東京：明治書院
- 有精堂編集部編著（一九八七）《時代別日本文学史事典（上代編）》，東京：有精堂
- 浜島書店編集部編著（二〇〇三）《最新国語便覧》，愛知：浜島書店
- 米谷潔（二〇二三）《万葉仮名小辞典——万葉集・古事記歌謡》，東京：株式会社二十二世紀アート

## 網路資料

- 万葉仮名：《国史大辞典》
https://japanknowledge.com/lib/display/?kw=%E4%B8%87%E8%91%89%E4%BB%AE%E5%90%8D&lid=30010zz452610（西元二〇二四年七月八日查閱）
- 漢字：《国史大辞典》
https://japanknowledge.com/lib/display/?kw=%E6%BC%A2%E5%AD%97&lid=30010zz121070（西元二〇二四年七月八日查閱）

# 第一章 〈黃泉國訪問神話〉

## 1 作者與作品簡介

本章〈黃泉國訪問神話〉（黃泉国訪問神話）出自於《古事記》（古事記）上卷。《古事記》為日本現存最古老的歷史書籍，一共記載了從神武天皇（神武天皇）至推古天皇（推古天皇）為止三十三位天皇①的系譜與相關事蹟。該書不僅收入古代歌謠，更收納諸多的日本神話傳說，可謂是日本神話的寶庫。

依據《古事記》的序文所述：天武天皇（天武天皇，第四十代天皇）命令舍人②「稗

---

① 其中，第二代天皇（綏靖天皇）至第九代天皇（開化天皇）只見系譜而不見其相關治事的故事，因此這八位天皇的時代被稱為「欠史八代」。

② 擔任天皇或皇族的護衛，或是從事雜役工作的下級官人。

田阿禮」（稗田阿礼）[3]針對《帝皇日繼》與《先代舊辭》進行誦讀。其後，元明天皇（元明天皇，第四十三代天皇）命令「太安萬侶」（太安万侶）[4]將稗田阿禮所誦讀之內容加以整理編撰，太安萬侶於和銅五年（西元七一二年）完成此書，並進獻給元明天皇。

該書的序文完全由漢文所寫，稱之為「漢文序」，其餘各處則為漢文與萬葉假名[5]混合型態，稱為「變體漢文」。書中多處出現漢譯佛典之用字與表現，也大量使用漢籍的文字潤飾，並部分借用中國的思想，受到中國文學、文化的影響不小。

《古事記》內容分為上、中、下三卷。上卷為「神代卷」，主要記載從日本開天闢地以來至初代天皇——神武天皇誕生的故事。中卷和下卷則以「天皇記」的方式，記載各天皇治世期間的事蹟以及天皇的系譜，其中也夾雜許多傳說故事。

在《古事記》上卷中，收錄了伊耶那岐命（伊耶那岐命，又稱「伊耶那岐神」）和伊耶那美命（伊耶那美命，又稱「伊耶那美神」）的故事。伊耶那岐命與伊耶那美命為「神世七代」（神世七代）[6]之第七代，奉高天原（高天原）之天神的命令，從天

③ 生沒年不詳，約為西元七世紀後期至八世紀初期之人。依據《古事記》序文的描述，此人年齡二十八歲，博聞強記，過目不忘，他能背誦《帝紀日繼》（指天皇之系譜）和《先代舊辭》（指古代傳承故事）。

④ 生沒年不詳，約為西元七世紀後期至八世紀初期之人，是歷經三朝（文武天皇、元明天皇、元正天皇）的文官，博學多聞，據說亦有參與《日本書紀》之編撰。

⑤ 萬葉假名之相關說明，詳參序章。

⑥ 所謂的「神世七代」，是指日本神話中所描繪自創世之初的七代共十二位神祇，這些神祇代表著天地萬物的創造。

上世界——高天原，降到地上世界——葦原中國（葦原中国〔あしはらのなかつくに〕），進行國土修理鞏固的工作。兩神陸續生出大小島嶼，形成大八島國（大八島国〔おおやしまくに〕，日本國之古稱）。隨後又生下了山神、海神、風神、霧神、原野神等各類自然神，直至生到火神時，伊耶那美命的陰部被燒傷，不久後死去，在祂死去之前還生了金神、黏土神等神。伊耶那美命死去後前往黃泉國（黄泉国〔よみのくに〕／黄泉国〔よもつくに〕）。本章主題〈黃泉國訪問神話〉，正是敘述伊耶那岐命為了追回死去的妻子而前往黃泉國所發生的故事。

## 2 文本

### 原文摘錄

於是、欲相見其妹伊耶那美命、追往黄泉国。爾、自殿縢戸出向之時、伊耶那岐命語詔之、愛我那邇妹命、吾与汝所作之国、未作竟。故、可還。爾、伊耶那美命答白、悔哉、不速来、吾者為黄泉戸喫。然、愛我那勢命【那勢二字以音。下効此。】入来坐之事、恐故、欲還。且与黄泉神相論。莫視我、如此白而、還入其殿内之間、甚久、難待。故、刺左之御美豆良、【三字以音。下効此。】湯津々間櫛之男柱一箇取闕而、燭一火入見之時、宇士多加礼許呂々岐弖、【此十字以音。】於頭者大雷居、於胸者火雷居、於腹者黒雷居、於陰者析雷居、於左手者若雷居、於右手者土雷居、於左足者鳴雷居、於右足者伏雷居、并八雷神、成居。

於是、伊耶那岐命、見畏而逃還之時、其妹伊耶那美命言、令見辱吾、即遣予母都志許売、【此六字以音。】令追。爾、伊耶那岐命、取黒御縵投棄、乃生蒲子。是摭食之間、逃行。猶追。亦、刺其右御美豆良之湯津々間櫛引闕而投棄、乃生笋。是抜食之間、逃行。且後者、於其八雷神、副千五百之黄泉軍令追。爾、抜所御佩之十拳剣而、於後手布伎都々、【此四字以音。】逃来。猶追。到黄泉比良【此二字以音。】坂之坂本時、取在其坂本桃子三箇持撃者、悉坂返也。爾、伊耶那岐命、告桃子、汝、如助吾、於葦原中国所有、宇都志伎【此四字以音。】青人草之、落苦瀬而患惚時、可助、告、賜名号意富加牟豆美命。【自意至美以音。】

最後、其妹伊耶那美命、身自追来焉。爾、千引石引塞其黄泉比良坂、其石置中、各対立而、度事戸之時、伊耶那美命言、愛我那勢命、為如此者、汝国之人草、一日絞殺千頭。爾、伊耶那岐命詔、愛我那邇妹命、汝為然者、吾一日立千五百産屋。是以、一日必千人死、一日必千五百人生也。故、号其伊耶那美神命謂黄泉津大神。亦云、以其追斯伎斯【此三字以音。】而、号道敷大神。亦、所塞其黄泉坂之石者、号道反之大神。亦、謂塞坐黄泉戸大神。故、其所謂黄泉比良坂者、今、謂出雲国之伊賦夜坂也。

## 日文摘要

女神の伊耶那美命は火之迦具土神（火の神）を産んだため、陰部が焼かれて、間もなく死んでしまい、死者の住む黄泉国へ旅立った。男神の伊耶那岐命は妻の伊耶那美命に会いたいと思い、黄泉国に追って行った。そして、「わが愛しい妻よ。二人による国造りはまだ終わっていないので、戻ってもらえないか」と伊耶那美命に訴えた。

これに対して、伊耶那美命は「残念ながら、私は既に黄泉戸喫⑦をしてしまいました。しかし、わが愛しい夫がここまでやってこられたので、恐れが多いため、帰ろうと思います。しばらく黄泉神と相談するので、その間、私を見ないでください」と答えた。だが、暫く待っていた男神は御殿の外で待ちかねたため、左の御みずらに刺している神聖な爪櫛の歯を一本折り取り、それを使い、火をともして御殿の内に入って見ると、伊耶那美命の体には蛆がたかってころころところがりうごめき、体の各部位には雷がおり、合せて八種の雷神（八雷神）が成っていた。

伊耶那岐命はその姿を見て恐れて黄泉国から逃げ帰ろうとした。それに気づいた伊耶那美命は、「よくも私に恥をかかせましたね」と言い、ただちに黄泉醜女（予

⑦ 在此指吃了黃泉國的食物。

母都志許売）[8]を遣わして、そのあとを追いかけさせた。逃げる伊耶那岐命が黒い御かずらを取って投げ捨てると、たちまち山ぶどうの実がなった。これを黄泉醜女が拾って食べている間に、伊耶那岐命は逃げて行ったが、なおも追いかけてくる。伊耶那岐命はまた右の御みずらにさしていた爪櫛の歯を折り取って投げ捨てると、たちまち竹の子が生えた。それを醜女が抜いて食べている間に、伊耶那岐命は素早く逃げのびた。さらに伊耶那美命は、腐った自分の体から成っていた八雷神に、大勢の黄泉の軍勢をそえて伊耶那岐命を追わせることにした。しかし、伊耶那岐命が黄泉平坂（黄泉比良坂）の麓に至り着いた時に、その坂の麓に生えていた桃の実を三個取って迎え撃つと、みな坂を逃げ帰って行った。そこで、伊耶那岐命は、桃の実に、「お前は、私を助けたように、葦原中国に住む青人草[9]が、苦しい目にあって苦しみ悩むような時には、助けよ」と言い、桃の実に名を賜って意富加牟豆美命[10]と名付けた。

最後には、伊耶那美命自身が夫を追ってきた。そこで伊耶那岐命は、千人かかっ

⑧「予母都志許売」一字一音，讀「ヨモツシコメ」。「ヨモ」為「黃泉（ヨミ）」之意，「ツ」在古文中有「の」（的）之意，「シコメ」為「醜女」之意。「ヨモツシコメ」為黃泉國的醜陋女子之意。

⑨「青人草」在此專指人類。這裡將人類比喻成「草」，並將人類之生老病死與草的生長與枯落結合，其中內含古代日本人對於生命週期的看法以及生死觀。

⑩原文寫「意富加牟豆美命。【自意至美以音。】」，表示從「意」至「美」採用萬葉假名之音假名的方式，在此是一字一音的讀法，讀成「おほかむづみ」，現代日語讀成「おおかむずみ」。有關萬葉假名，詳參序章。

てやっと動くくらいの巨岩（千引石）を引っ張って黄泉平坂を塞ぐことにした。その岩を間に挟んで、伊耶那美命は夫に、「わが愛しい夫よ。あなたがこんなことをするならば、私はあなたの住む国の人間を一日に千人絞り殺しましょう」と告げた。妻の言葉を受けた伊耶那岐命は、「わが愛しい妻よ。お前がそんなことをするならば、私は一日に千五百の産屋を建てよう」⑪と言った。

この伊耶那美命は黄泉津大神ともいい、黄泉平坂を塞いだ岩は、道返之大神または黄泉戸大神と呼ばれた。黄泉平坂は、現在の出雲国の伊賦夜坂と伝わっている。

## 中文摘要

伊耶那美命因生火神（火之迦具土神）時陰部被燒傷，不久後死去，前往黃泉國。伊耶那岐命追往黃泉國，並說：「我親愛的妻子，我們的國家還沒生成完畢，你可以跟我回去嗎？」伊耶那美命回答道：「我親愛的丈夫，你怎麼沒早點來，我已經吃了黃泉國的食物了。不過你既然已經來到這裡，那麼就容我跟黃泉神商量看看是否可以回去，不過這段期間你千萬不可以偷看！」然而，伊耶那岐命卻因等不及，而折斷了

⑪ 日本神話的主題多為「神」，尤其是《古事記》上卷、《日本書紀》第一、二卷，稱之為「神代卷」，以敘述神的故事為主，對於人類所述甚少。因此這裡是僅少數對於人類誕生與死亡的相關描述之處。雖然故事中描寫到「一天死一千人、一天生一千五百人」，不過無須將此數字視為實數，只需視為人類得以延續之緣由的說明即可。

別在頭髮上的梳子的一齒，點了火，進入黃泉殿內偷看了伊耶那美命。沒想到看到的是蛆在伊耶那美命的身體上蠕動，並且從伊耶那美命的身體中還生出了八種雷神（稱之為「八雷神」）。

看到這一幕後相當驚嚇的伊耶那岐命慌忙逃跑，這時伊耶那美命說：「你羞辱了我」，因此派遣黃泉醜女追趕伊耶那岐命，伊耶那岐命將頭上的黑色髮飾丟在地上，髮飾變成了山葡萄，在黃泉醜女撿起來吃的時候快速逃走。接著，伊耶那美命又派遣了八雷神以及黃泉軍前往追趕。當伊耶那岐命逃到黃泉比良坂時，隨手摘了生長在那裡的三顆桃子[12]投擲追兵，終於順利將他們擊退。伊耶那岐命告訴桃子說：「日後現世的青人草（在此指人類）若遇難，也請搭救他們」，並賜給桃子「意富加牟豆美命」之名。

因前兩次的追殺失敗，最後伊耶那美命自己出馬。彼時，伊耶那岐命將一千人才能搬得動的大石頭（千引石），堵在自己和伊耶那美命中間，兩人各發誓言。伊耶那美命說：「接下來我將每天使一千人死」，伊耶那岐命則說：「那麼我將每天使一千五百人誕生」。因此，伊耶那美命又名「黃泉津大神」。而塞住黃泉比良坂上的大岩石又稱「道返之大神」或「黃泉戶大神」。據說黃泉比良坂，正是今日的出雲國（現今之島根縣東部一帶）伊賦夜坂。

⑫ 在古代中國，「桃」被認為具有鎮災、避邪、驅鬼之功效。《古事記》〈黃泉國訪問神話〉中以桃來驅離黃泉國之追兵，與中國之桃的避邪驅鬼思想有關。日本民間故事中，例如《桃太郎》的故事中，出現了打鬼的故事，其中也蘊含著對於「桃」的信仰。

## 3 作品賞析

### (1)「黃泉國」是怎樣的地方？

「黃泉國」是伊耶那美命死後所在的國度。因為是女神死後前去的地方，因此可以視為「死亡的世界」、「死者之國」。故事中，伊耶那美命說：「我親愛的丈夫啊，你既然做了這樣的事，此後我每日要使你國度裡的一千個人死去。」對此，伊耶那岐命則回答：「我親愛的妻子啊，妳若如此為之，我要一天使一千五百條生命誕生。」從這段描述中也可以得知，伊耶那岐命掌管著「生」的咒術，而伊耶那美命則是擁有能支配「死」的咒術。同時，擁有支配死亡咒術之伊耶那美命所在之處的黃泉國，亦可視為死亡的國度。若從故事中伊耶那岐命必須點火才能偷窺到伊耶那美命的狀況這一點來看，黃泉國無疑是一個黑暗的世界[13]。

除此之外，在接續本篇故事之後，逃出黃泉國的伊耶那岐命說道：「我是去到了多麼令人不悅、骯髒的國度啊！我得要祓除身體的汙穢、清潔身體才行。」隨後他便

⑬ 有關黃泉國之黑暗，《古事記》新編日本古典文学全集一（小学館），頁四十五，頭注十，寫道：從伊耶那岐命點火一事，來說明黃泉國之黑暗雖是通說，不過在此因描寫到伊耶那岐命「入殿內查看」，可以知道伊耶那岐命是為了進入殿內才點火，因此只有殿中是黑暗的。不過，筆者認為故事文脈是以追回被火燒傷而死、前往黃泉國的伊耶那美命為前提，伊耶那美命所在之處可謂是象徵著黃泉國。因此即便文中寫到伊耶那美命回到殿內與黃泉神相商、伊耶那岐命點火進入殿內，並不影響黃泉國整體所象徵的黑暗形象。

前往了筑紫日向的阿波岐原（現今之九州宮崎縣宮崎市阿波岐原町一帶）進行祓禊⑭來清潔身體，並在身體完全潔淨的狀態下，伊耶那岐命洗左眼生出「天照大御神」（天照大御神，亦稱「天照大神」，以下統稱「天照大神」），洗右眼生出「月讀命」（月讀命），洗鼻子生出「須佐之男命」（須佐之男命，其為國主時則稱「須佐之男大神」），此三神被稱之為「三貴子」，是伊耶那岐命祓禊的最後階段所誕生的無比潔淨、至高聖潔之神。伊耶那岐命的祓禊行為不僅提供了三貴子「異常誕生」⑮的條件，同時其無比潔淨的特質，也對照出黃泉國骯髒汙穢的特質。換句話說，黃泉國不只是「黑暗的世界」、「死者之國」，更是一個充斥著死亡、汙穢的國度。

不過，即便是這樣黑暗的死亡國度，也存在著空間（黃泉國）、食物（黃泉戶喫）、主宰者（黃泉神）以及居民（黃泉醜女等等），一個國家所需具備的條件都齊全了。在古代人的信仰中，黃泉國是一個與生者現實世界對照的「死者的世界」，在這裡面包含著「彼世即此世的延伸」的思想。

《古事記》並不像日本第一本正史《日本書紀》（西元七二〇年成書）一樣會使

⑭ 在此指「みそぎ（禊）」，意指用水將身上的汙穢洗盡。

⑮ 在古代的神話傳說中，經常可以看到一些「非」正常的誕生故事，此類型的故事被總稱為「異常誕生」故事。在《記紀》和《風土記》中，此類型的故事經常是用來描述某個氏族的祖先誕生、氏族的由來，以及該氏族的神聖性。也就是說，這些故事通常是為了強調某個氏族與其他氏族的不同，以及他們具有神聖的特質。有關異常誕生故事，詳參大久間喜一郎・乾克己編（一九九三）《上代説話事典》（雄山閣），頁三九五。〈黃泉國訪問神話〉也為以天照大神為首的三貴子其「神聖」、「潔淨」、「光明」等特質提供了背景。

用「黃泉」或「泉國」等用詞，《古事記》自始至終都僅用「黃泉國」這樣的名稱。從用詞的一貫性也可以知道：《古事記》中的「黃泉」世界，是一個「國度」，一個與「葦原中國」、「根之堅州國」（根之堅州国）、「常世國」（常世国）相同等級的「國」。⑯

從以上的說明可以看出，《古事記》當中的「黃泉國」具有以下的特質：

①作為與「高天原」、「葦原中國」相對應的「國」。

②黑暗、骯髒而充斥汙穢的國度。

③拒絕新生、完全的亡者之國。

## (2)「黃泉國」與「橫穴式古墳」、「洞窟他界觀」⑰

關於神話中的「黃泉國」之原型，「橫穴式古墳」為最常見的說法。「橫穴式古墳說」的要點如下：

①伊耶那美命從縢戶（在此指古墳石槨之入口）出來迎接伊耶那岐命。

---

⑯在《古事記》中，「葦原中國」主要指地上世界，是人類生活的世界；「根之堅州國」主要指地下世界，是由須佐之男大神所統治的世界；「常世國」是海彼的世界，是少名毘古那神所回歸的世界。這些世界都以「國」來記載，與天照大神所統治之「高天原」形成對應關係，有關此對應關係，詳參拙著（二〇〇五）〈『古事記』における高天原〉《日本語日本文学》第三十輯（臺灣輔仁大學）。

⑰詳參拙著（二〇〇七）〈『古事記』における「黄泉国」の性格と役割〉《明道通識論叢》第二期（臺灣明道大學），頁二〇三至二一四。

②伊耶那美命與伊耶那岐命再度相會的場所為放置棺木之墓室。

③伊耶那岐命因破壞禁忌（勿看）而遭黃泉軍等追趕，追趕發生的場所即是由黃泉比良坂通往外面的通路——羨道。

④伊耶那岐命面對緊追而來的伊耶那美命，以千引石堵住黃泉比良坂，此千引石即為堵住墳墓入口、被稱作「羨門」的大石。

藉由以上四點，日本神話中的「黃泉國」經常被認為與「橫穴式古墳」有關。不過，要建造如此巨大的人工墓穴需要大量的人力及財力，唯有當時的上流階級才可能辦到。橫穴式古墳乃是古墳時代後期的產物，並且是由中國所傳入的墓穴制度，根據考古學的看法，其成立時期推測判定約落在六世紀後半。從這些事實可知，橫穴式古墳不僅成立時期較晚，其使用對象也有所限定。相較於此，「洞窟」自古被用在喪葬的場合，其自身也被當作是一種「他界」（有別於現世的另外世界，包含死後世界），就時期來看，「洞窟他界觀」出現的較早。同時，「洞窟」、「出雲」（現今之島根縣東部）以及「黃泉國」三者間也有著密切的關連性，其理由大致歸類如下：

①出雲有諸多與「黃泉」有關的傳說與地名，例如：「黃泉之穴」（現今之猪目洞窟）。

②神話中黃泉國的幽暗樣貌，與幽暗的洞窟非常類似。

③出雲存在著諸多的「洞窟傳說」。[18]

④《古事記》中的黃泉國神話，舞台設定在出雲。

綜合上述四點，相較於「橫穴式古墳」，出雲之「洞窟他界觀」作為《古事記》〈黃泉國訪問神話〉之故事原型的可能性更高。

## (3)〈黃泉國訪問神話〉的發展過程

出雲的洞窟他界觀是如何逐步構築出《古事記》中的〈黃泉國訪問神話〉呢？其進程大致可分為以下四點[19]：

①《古事記》的撰寫過程中，將〈黃泉國訪問神話〉的舞台設定在出雲。

②出雲固有的「黃泉信仰」、「洞窟他界觀」等信仰要素，成為〈黃泉國訪問神話〉的骨幹。

③在②之上，再加入「追跡故事」（指追趕或追討某人等故事）、禁看、打破禁忌等要素。

④依循《古事記》的主旨，編撰成為一大故事。

不過，〈黃泉國訪問神話〉的舞台設定在出雲，也並非只因出雲固有的黃泉信仰、

⑱ 相關故事列於「延伸學習」以供參考。

⑲ 詳參拙著（二〇〇七）〈『古事記』における黄泉国説話の成立をめぐって〉《明道日本語教育》第一期（臺灣明道大學），頁一二二至一三六。

洞窟他界觀等要素而已。「出雲」位於日本山陰地區，自古以來便與日本山陽地區的「大和」，有著相對性的意義。對於位於日本山陽地區的古代「大和」[20]來說，古代「出雲」是一個具有黃泉信仰及洞窟他界觀、擁有自己宗教的神祕世界、一個未知的世界，又位於神祕的山陰之地，所以很容易被想像成是一個黑暗又詭譎的空間。

不僅如此，古代的出雲，除了有足夠的資源（尤其是鐵礦）可以自給自足，還擁有得天獨厚的生活環境，因此自古就形成了一股不可小覷的政治力量。同時，在外交關係上，出雲藉由日本海的進出，頻繁地與朝鮮半島往來，並從朝鮮人那裡習得各種技術；在日本國內中，出雲也一直與九州、丹波、若狹等地區有著密切的聯繫。不僅擁有鐵礦，又擁有師從朝鮮人先進製鐵技術的出雲，對大和朝廷來說，無疑是個既麻煩又危險的存在。

統整上述「作品賞析」之三大點內容，可以理解：透過出雲的黃泉信仰和洞窟他界觀、出雲的歷史背景以及與大和的相對性等等因素，使得以出雲的洞窟他界觀為基礎的黃泉信仰，一步一步地成長為《古事記》的〈黃泉國訪問神話〉。[21]

---

[20] 大和地區為現在的奈良縣南部。四世紀至七世紀中期，大和地區（現在的奈良縣南部）的豪族以「大王」為中心結成聯盟，並逐漸統率各地豪族，形成了一種權力體系。此權力系統被稱為「大和政權」或「大和王權」。到了七世紀左右，「大王」逐漸被稱之為「天皇」，並且大和政權也逐漸發展出以天皇為中心的中央集權國家，被稱為「大和朝廷」。在日本神話中，天皇為天照大神之後裔（天照大神為皇祖神），因此天皇所在之大和地區亦被視為具有高天原的意象（地上世界之高天原）。

[21] 出雲之地理位置、歷史背景以及與大和之間的相對性，詳參注十七、十九論文。

## 4 延伸學習

有關「黃泉」與「洞窟」，在《出雲國風土記》中有許多相關敘述。例如《出雲國風土記》出雲郡宇賀鄉條中有如下的記載：

> 宇賀鄉。（中略）即北海浜有礒。名脳礒。（中略）自礒西方有窟戸、高広各六尺許。窟内在穴。人不得入、不知深浅也。夢至此処礒窟之辺者必死。故俗人、自古至今、号云黄泉之坂・黄泉之穴也。

此故事中提及出雲郡北海濱的西方有洞窟，洞窟內有洞穴，若有人夢到此洞穴則必死，

島根縣平田市猪目町，猪目洞窟

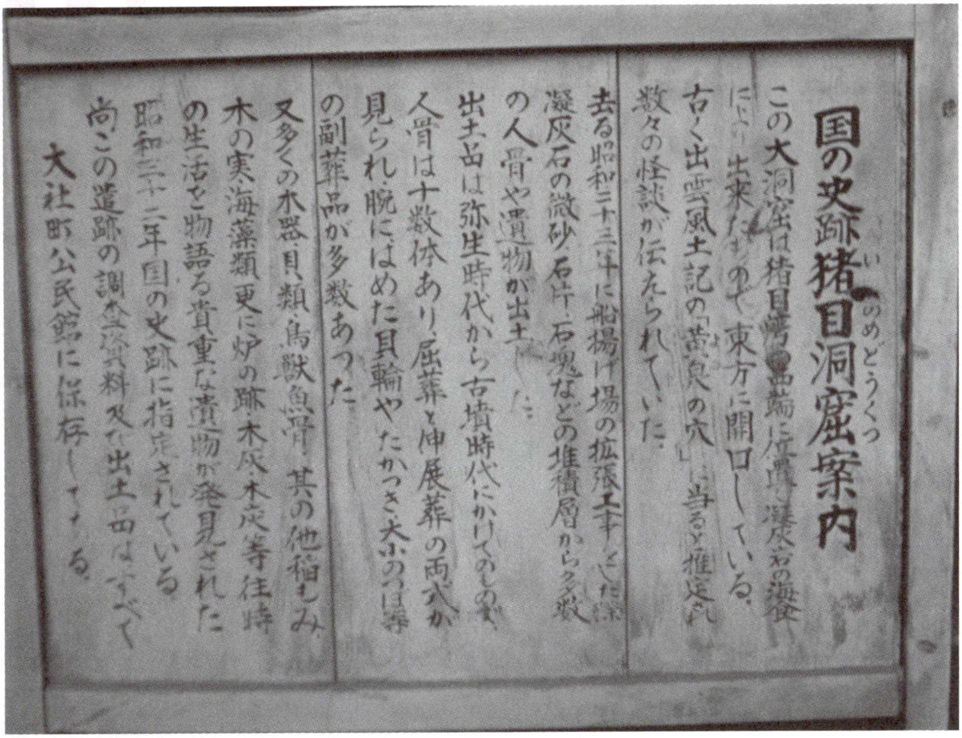


島根縣平田市猪目町，猪目洞窟解說牌

所以這個洞穴被稱之為「黃泉之坂・黃泉之穴」。此洞穴目前被認為是島根縣平田市猪目町的「猪目洞窟」。筆者也曾在多年前於此地進行實地勘察，一開始雖有開闊的入口，但隨著越往裡走，洞穴的頂部突然往前延伸展開，並且越來越低，也越來越暗，直到看不見底，洞穴內有冷風襲來。此等漆黑幽暗的場景，著實讓人想到神話中必須點火才能視物、幽暗的黃泉國世界。同時，洞穴不斷往內延伸，仿佛隧道一般，也令人想起伊耶那岐命被追殺逃跑的黃泉比良坂的場景。

另外，「猪目洞窟」曾被挖掘出土器、木器、人骨等等，從這裡也可以知道此洞窟曾是古代人的居所，同時也是墓地。上述故事中寫道：若有人夢到此洞窟則必死。顯示當地的人們對於「猪目洞窟」的畏懼感，將其視為一個「死亡的世界」，「猪目洞窟」被稱為「黃泉之坂・黃泉之穴」的緣由便在於此。由此可知，在古代「出雲」的區域，存在著「黃泉信仰」，而此信仰的基礎則是「洞窟他界觀」。

除此之外，《出雲國風土記》嶋根郡加賀神埼條中也可以看到以下的描述：

加賀神埼。即有窟。高一十丈許、周五百二步許。東西北通。【所謂佐太大神所産生処也。（中略）即御祖支佐加比売命社、坐此処。今人是窟辺行時、必声磅礚而行。若密行者、神現而、飄風起、行船者必覆。】

在加賀的神崎有一處洞窟，有關該洞窟，在原文的割注（文中的小字說明）中有寫道：「若有船隻經過該洞窟必須要大聲呼喊通過，如果偷偷地通過，那麼神明將會出現，並颳起大風使船隻傾覆。」從這個民間信仰也可以看到當地人對於該洞窟的敬畏與恐懼，這當然也與人們將洞窟視為人死後之世界（洞窟他界觀）有所關連。

同樣是《出雲國風土記》嶋根郡的故事，有關洞窟的描述還有加賀鄉的地名由來，原文如下：

加賀鄉。郡家北西廿四里一百六十步。佐田大神所生也。御祖神魂命御子、支佐加比売命、「闇岩屋哉」詔、金弓以射給時、光加加明也。故云加加。

加賀這個地名，據說是與一支穿過黑暗洞穴的金弓有關。故事中提到的「闇岩屋」是指一個黑暗的山洞，據推測它就是現在的「加賀之潛戶」。其地點位於島根半島的北海岸，是一個位於「潛水鼻」岬角的洞窟。

從以上故事也可以知道洞窟被視為「另一個世界」和「這個世界」之間的境界，也是通往「另一個世界」的入口，同時洞窟本身也代表著「另一個世界（他界）」。故事中提到的「闇岩屋」，此用詞不僅表現出了它的黑暗，同時也內含著黑暗的洞窟是死亡世界的意思。

根據以上三則傳說故事，我們可以看到洞窟被視為「黑暗的空間」或「亡者的世界」的信仰。同時，洞窟所具有的形象，也與神話中之黃泉國不謀而合。由此可以知道：洞窟本身即可視為是一個黃泉世界、彼岸、相對於人類世界的另一個世界，「洞窟他界觀」即根源於此民間信仰。

## 5 豆豆小知識——花窟神社（花窟（はなや）神社（じんじゃ））㉒

花窟神社位於日本三重縣熊野市有馬町，神社建在七里御濱旁，隔著馬路，便是海灘。在神社中供奉著一塊高四十五公尺，寬八十公尺的巨石，巨石本身即為「神體」。岩石在經年累月的自然侵蝕下形成許多凹凹凸凸的孔洞。神社每年會舉辦兩次的掛繩儀式（御繩掛け（おつながけ）神事（しんじ）），分別為二月二日和十月二日，在巫女跳完舞蹈向神明祭拜後，人們會在這塊巨石的頂端和一棵神聖高聳的松樹之間懸掛一條一百七十公尺長的粗繩。依據神社人員所說，掛繩儀式期間，相關工作人員會從巨石的後方爬至巨石頂端來懸掛粗繩；但因高聳松樹曾被雷所劈而裂開，因此目前改用水泥柱懸掛粗繩。

花窟神社的主祭神為「伊弉冉尊」與其子「軻遇突智」（軻遇突智（かぐつち），火之神）。依據《日本書紀》（一書）㉓所記：伊弉諾尊和伊弉冉尊結婚後生下了諸島，形成日本國土，隨後更生下了日本眾神，在生火神時，伊弉冉尊的陰部被燒傷，不久後死去。她被埋葬在紀伊國熊野的有馬村，從那時起，當地居民每個季節都會獻花祭拜伊弉冉尊，花窟神社之名也由此而來。其附近的「產田神社」，據傳是伊弉冉尊生下軻遇突智的地方。

---

㉒ 花窟神社資料參考日本觀光局官方網站，https://www.japan.travel/tw/spot/106/（西元二〇二四年七月十日查閱）以及筆者田野調查資料。

㉓ 《日本書紀》的「神代卷」在〔本書〕之外，還同時記錄了數個〔一書〕，也就是將一個故事呈現了好幾個版本，但〔本書〕仍是《日本書紀》的基本走向，表達編者的基本態度。

三重縣熊野市有馬町，花窟神社鳥居

三重縣熊野市有馬町，花窟神社巨石（神體）

三重縣熊野市有馬町，產田神社解說牌

三重縣熊野市有馬町，產田神社

## 6 主要參考文獻（依出版日排列）


- 大久間喜一郎・乾克己編（一九九三）《上代説話事典》，東京：雄山閣
- 山口佳紀・神野志隆光校注・訳（一九九七）《古事記》新編日本古典文学全集一，東京：小学館
- 植垣節也校注・訳（一九九七）《風土記》新編日本古典文学全集五，東京：小学館
- 鄭家瑜（二〇〇五）〈『古事記』における高天原〉《日本語日本文学》第三十輯，新北：臺灣輔仁大學
- 鄭家瑜（二〇〇七）〈『古事記』における黄泉国説話の成立をめぐって〉《明道日本語教育》第一期，彰化：臺灣明道大學
- 鄭家瑜（二〇〇七）〈『古事記』における「黄泉国」の性格と役割〉《明道通識論叢》第二期，彰化：臺灣明道大學

### 網路資料

- 花窟神社：日本觀光局官方網站
https://www.japan.travel/tw/spot/106/（西元二〇二四年七月十日查閱）

7

## 延伸學習書單（依出版日排列）


- 松村武雄（一九五八）《日本神話の研究》第四巻，東京：培風館
- 大林太良（一九七五）《日本神話の構造》，東京：弘文堂
- 尾崎喜左雄（一九八六）〈古墳から見た宗教観〉，斎藤忠編《呪法と祭祀・信仰》日本考古学論集三，東京：吉川弘文館
- 辰巳和弘（一九九六）《「黄泉の国」の考古学》，東京：講談社
- 外間守善（一九九九）《海を渡る神々—死と再生の原郷信仰》，東京：角川書店
- 福島秋穂（二〇〇〇）〈伊耶那美命による黄泉国訪問神話の成立時期について〉，戸谷高明編《古代文学の思想と表現》，東京：新典社

# 第二章 〈山幸海宮訪問神話〉

## 1 作者與作品簡介

本篇〈山幸海宮訪問神話〉（山幸の海宮訪問神話）①出自《古事記》（古事記）上卷。《古事記》上卷為「神代卷」，內容可分以下三大部分：

第一部分為「高天原神話」，主要敘述日本開天闢地以來至天照大神（天照大神／天照大御神）的神話，內容包含伊耶那岐命（伊耶那岐命）和伊耶那美命（伊耶那美命）共同生下日本眾島、眾神，以及伊耶那美命死後的黃泉國神話和伊耶那岐命祓禊後的三貴子誕生等等。

第二部分為「出雲神話」，主要以天照大神之弟須佐之男命（須佐之男命／須佐

① 「海宮」亦可成讀「かいぐう」，同時可以表記成「海神宮」、「綿津見神宮」（わたつみのかみのみや）。

之男大神）前往出雲之後的故事以及大穴牟遲神（大穴牟遲神，日後的大國主神（大国主神））的事蹟，內容包含須佐之男命砍殺八岐遠呂智（八岐遠呂智，《日本書紀》〔日本書紀〕中稱為「八岐大蛇」）的故事、大穴牟遲神前往根之堅州國（根之堅州国）訪問的故事、大國主神建國（国作り）以及讓國（国譲り）的故事等。

第三部分為「日向三代神話」，主要敘述天孫降臨至初代天皇誕生的故事。本篇故事即是日向三代神話中的一部分，主要是在描述火遠理命（火遠理命，簡稱「山幸」〔山幸〕）遺失了哥哥火照命（火照命，簡稱「海幸」〔海幸〕）的釣針，無奈之下聽從了鹽椎神（塩椎神）[2]的建議，前往海宮世界，隨後便與海神綿津見神（綿津見神）之女「豐玉毘賣」（豊玉毘売）結婚。三年後，在海神的協助下，山幸順利取回釣針，並且使哥哥海幸臣服於他。但最後由於山幸違反了與妻子的約定，使得海陸之間從此無法相通。兩人所生下的「鵜葺草葺不合命」（鵜葺草葺不合命），為日本初代天皇的父親。

本篇故事在《日本書紀》[3]中也有出現，不過在人名的表記上有些許差異，例如：

② 《古事記》新編日本古典文学全集一（小学館），頁一二六，頭注二，寫道：シホ（潮水）＋ツ（的）＋チ（靈）。「鹽椎神」即為掌管潮路之神。

③ 西元七二〇年成書，共三十卷，第一、二卷為神代卷，第三至三十卷則以敘述天皇系譜、治世之事蹟為中心。作者群以「舍人親王」為首。相對於《古事記》的神代卷只有選用一個故事版本，《日本書紀》的「神代卷」中，除了有〔本書〕之外，還附有〔第一之一書〕、〔第二之一書〕等，將有別於〔本書〕之別傳內容也一併呈現出來。〔本書〕代表著《日本書紀》編撰的主要態度與方向，〔一書〕則可補充〔本書〕中沒有出現的部分，亦或是不同文本的部分，可視為〔本書〕之「互為文本」。

《古事記》的「火照命」、「火遠理命」和「豊玉毘売」在《日本書紀》分別表記為「火闌降命（ほのすそりのみこと）」、「彥火火出見尊（ひこほほでみのみこと）」和「豊玉姫（とよたまひめ）」等等。在故事情節上，除了豐玉姬變化成原形時是以「龍」（寫於《日本書紀》〔本書〕）的姿態出現外，其餘的故事內容和《古事記》幾乎沒有太大的區別。《古事記》之詳細介紹，詳參第一章「作者與作品簡介」。

## 2 文本

### 原文摘錄

故、火照命者、為海佐知毘古【此四字以音、下效此也。】而、取鰭広物・鰭狭物、火遠理命者、為山佐知毘古而、取毛麁物・毛柔物。爾、火遠理命、謂其兄火照命、各相易佐知欲用、三度雖乞、不許。然、遂纔得相易。爾、火遠理命、以海佐知釣魚、都不得一魚。亦、其鉤失海。於是、其兄火照命、乞其鉤曰、山佐知母、己之佐知佐知、海佐知母、己之佐知佐知。今各謂返佐知之時、【佐知二字以音。】其弟火袁理命答曰、汝鉤者、釣魚、不得一魚、遂失海。然、其兄、強乞徴。故、其弟、破御佩之十拳劍、作五百鉤、雖償、不取。亦、作一千鉤、雖償、不受、云、猶欲得其正本鉤。

於是、其弟、泣患、居海辺之時、塩椎神、来、問曰、何、虚空津日高之泣患所由。答言、我、与兄易鉤而、失其鉤。是、乞其鉤故、雖償多鉤、不受、云、猶欲得其本鉤。故、泣患之。爾、塩椎神云、我、為汝命作善議、即造無間勝間之小船、載其船以、教曰、我押流其船者、差暫往。将有味御路。乃乗其道往者、如魚鱗所造之宮室。其綿津見神之宮者也。到其神御門者、傍之井上有湯津香木。故、坐其木上者、其海神之女、見相議者也。【訓香木云加都良。木。】

故、随教少行、備如其言。即、登其香木以坐。爾、海神之女豊玉毘売之従婢、持玉器将酌水之時、於井有光。仰見者、有麗壮夫。【訓壮夫云袁登古。下効此。】以為甚異奇。爾、火遠理命、見其婢、乞欲得水。婢、乃酌水、入玉器貢進。爾、不飲水、解御頸之璵、含口唾入其玉器。於是、其璵、著器、婢、不得離璵。故、璵任著以、進豊玉毘売命。

爾、見其璵、問婢曰、若、人、有門外哉。答曰、有人、坐我井上香木之上。甚麗壮夫也。益我王而甚貴。故、其人乞水故、奉水者、不飲水、唾入此璵。是、不得離。故、任入、将来而献。爾、豊玉毘売命、思奇、出見、乃見感、目合而、白其父曰、吾門有麗人。爾、海神、自出見、云、此人者、天津日高之御子、虚空津日高矣、即於内率入而、美知皮之畳敷八重、亦、絁畳八重敷其上、坐其上而、具百取机代物、為御饗、即令婚其女豊玉毘売。故、至三年住其国。

於是、火袁理命、思其初事而、大一歎。故、豊玉毘売命、聞其歎以、白其父言、三年雖住、恒無歎、今夜為大一歎。若有何由。故、其父大神、問其聟夫曰、今旦、聞我女之語、云、三年雖坐、恒無歎。今夜為大歎。若有由哉。亦、到此間之由、奈何。爾、語其大神、備如其兄罰失鉤之状。

是以、海神、悉召集海之大小魚、問曰、若有取此鉤魚乎。故、諸魚白之、頃者、赤海鯽魚、於喉鯁、物不得食愁言。故、必是取。於是、探赤海鯽魚之喉者、有鉤。即、取出而清洗、奉火遠理命之時、其綿津見大神誨曰之、以此鉤給其兄時、言状者、此鉤者、淤煩鉤・須々鉤・貧鉤・宇流鉤、云而、於後手賜。【淤煩及須々亦宇流六字、以音。】然而、其兄作高田者、汝命、営下田。其兄作下田者、汝命、営高田。為然者、吾掌水故、三年之間、必、其兄、貧窮。若悵怨其為然之事而、攻戦者、出塩盈珠而溺。若其愁請者、出塩乾珠而活。如此令惚苦、云、授塩盈珠・塩乾珠并両箇、即悉召集和邇魚、問曰、今、天津日高之御子、虚空津日高、為将出幸上国。誰者幾日送奉而覆奏。故、各随己身之尋長、限日而白之中、一尋和邇白、僕者、一日送即還来。故爾、告其一尋和邇、然者、汝、送奉。若度海中時、無令惶畏、即載其和邇之頸送出。故、如期、一日之内送奉也。其和邇将返之時、解所佩之紐小刀、著其頸而返。故、其一尋和邇者、於今謂佐比持神也。

是以、備如海神之教言、与其鉤。故、自爾以後、稍兪貧、更起荒心迫来。将攻之時、出塩盈珠而令溺。其愁請者、出塩乾珠而救。如此令惚苦之時、稽首白、僕者、自今以後、為汝命之昼夜守護人而仕奉。故、至今其溺時之種々之態不絶、仕奉也。

## 日文摘要

火照命（海幸彦、以下「海幸」と略称する）と火遠理命（山幸彦、以下「山幸」と略称する）という兄弟がいた。この兄弟は、それぞれ海の獲物と山の獲物を得る力を持っていた。ある日、弟の山幸の頼みにより、互いの猟具を交換したのだが、弟は兄の釣針を無くしてしまった。弟が十拳の剣④を折り、五百もの釣針を作って償っても、一千の釣針を作って償っても、兄はそれを受け取らなかった。途方に暮れた弟が海辺で泣いていると、塩椎神がやってきた。塩椎神の教えによって山幸は海神（綿津見神）の宮に辿りついた。

海神宮に着き、海神宮の外にある井戸のほとりの香木に登った山幸は、豊玉毘売

---

④十拳劍在神話中出現了許多次，例如：伊耶那美命因生火神（火之迦具土神）時陰部被燒傷，於是丈夫伊耶那岐命拔出所佩帶的十拳劍，斬殺其子迦具土神之頸。另外，伊耶那岐命要逃出黃泉國時，也是以十拳劍來抵擋八雷神和黃泉軍的追殺。再者，天照大神與其弟須佐之男命立誓時，也寫到天照大神取了須佐之男命所佩帶的十拳劍，折成三截，生出了「多紀理毘賣命」等三神。除此之外，還有須佐之男命以十拳劍斬殺八岐大蛇（八頭八尾的大蛇）等故事。十拳劍從伊耶那岐命一脈相承至本神話故事中的火遠理命（山幸）。火遠理命是天照大神的後裔，連豐玉毘賣的侍女見到他後都曾說到：「益我王而甚貴」（比我們的王還要更加尊貴）。

の侍者に見つかったことをきっかけに海神である娘の豊玉毘売と結婚した。結婚してから三年後のある日、山幸は大きなため息を一つついた。海神はその事情を聞くと、鯛の喉から釣針を取り出して返してやった。海神は、「この針を返す時、おぼち、すすち、まぢち、うるちと呪文を唱えて返しなさい」と呪詛の詞を教え、塩盈珠・塩乾珠⑤を与えた。弟が言われた通りに釣針を返すと、呪詛の詞により兄は次第に貧乏になっていった。怒った兄が攻めてくると、弟は塩盈珠・塩乾珠を使って兄を溺れさせた。ついに兄は弟に降伏し、弟に仕えて弟を昼夜守る人⑥になった。

その後、豊玉毘売が妊娠すると、大鰐に化して子を産み、鵜葺草葺不合命が生まれた。出産の折、山幸は「見るな」という妻との約束を守らず、豊玉毘売の本形を見てしまう。そこで豊玉毘売は子を残し、海宮へと去っていった。これによって、山幸・豊玉毘売の婚姻は破綻し、海陸不通となった。

## 中文摘要

有一對兄弟，哥哥名為「火照命」（又稱「海幸彥」，以下簡稱為「海幸」），

⑤ 鹽盈珠與鹽乾珠分別是使潮水滿溢的寶珠與使潮水退去的寶珠。

⑥《古事記》新編日本古典文学全集一（小学館），頁一三四，頭注三，寫道：此為隼人（はやと），日本九州的部族，曾激烈反抗大和朝廷，爾後服從於大和朝廷之統治）日夜戍守宮門一職的起源。

擅長捕魚；弟弟名為「火遠理命」（又稱「山幸彥」），以下簡稱為「山幸」），擅長狩獵。有一日，在弟弟的懇求下，兩人交換了各自生財的工具（釣針與弓箭）。但弟弟卻將哥哥的釣針弄丟了，之後雖用五百釣針、一千釣針想要償還，但哥哥都不接受，堅決要弟弟還回原來的釣針。無奈之下，弟弟山幸只能坐在海邊哭泣，恰逢「鹽椎神」來此，知道此事之後，教導山幸前往海中世界避難。照著鹽椎神所教導的方法，山幸去到了海中世界（海神宮）。

一抵達海神宮，山幸便遇到海神（綿津見神）之女「豐玉毘賣」的侍女，而後見到了豐玉毘賣，隨即兩人結婚，一起生活了三年。三年後某一天，海神得知了山幸嘆氣的緣由，便幫忙尋找遺失的釣針，並順利地從鯛魚的喉嚨中取出卡了三年的釣針，同時一併教導了山幸掌控海水的咒術，更將掌控海水盈虧的鹽盈珠、鹽乾珠贈與他。藉由海神所教導的方

**遺失釣針後的火遠理命與鹽椎神**

原圖連結：古事記学センター蔵『古事記絵伝』より https://kojiki.kokugakuin.ac.jp/kibutsu/%E6%B5%B7%E4%BD%90%E7%9F%A5%E6%AF%98%E5%8F%A4%E3%81%A8%E9%89%84%E3%81%AE%E9%87%A3%E9%87%9D/?utm_source=chatgpt.com（西元二〇二五年七月三日查閱）

出處：CC BY—NC—SA 國學院大學「古典文化学」事業 https://kojiki.kokugakuin.ac.jp/

法，山幸順利降伏了哥哥，從此哥哥臣服於弟弟，成為日夜守護弟弟的人。哥哥火照命即為日後的隼人（海人族之一族）之祖。不久後，妻子豐玉毘賣懷孕，她在生產時，化為一隻鱷魚，產下一子，名為「鵜葺草葺不合命」。在豐玉毘賣臨盆前，特別交代丈夫山幸「不准看」自己生產的模樣，但山幸卻沒能遵守與妻子的約定，看到了豐玉毘賣的原形。豐玉毘賣一氣之下將孩子留下，獨自回到海宮去了。因為此故，山幸和豐玉毘賣的婚姻破局，海中世界和陸地世界無法自由來去。

## 3 作品賞析⑦

此則神話中，出現了相當豐富的母題。所謂的「母題」，是指會被諸多傳說故事反覆使用的最小故事單位⑧。本篇故事若依類別進行歸納，可列出以下七大母題。（一）釣針喪失（兄弟相爭）⑨、（二）山幸的海宮訪問（異界訪問）、（三）山幸與海神之

⑦ 本項目詳參拙著（二〇一五）〈日本神話における山幸の海宮訪問譚の構造と特色—環太平洋の視座から見る—〉《日本語日本文学》第四十四輯（臺灣輔仁大學），頁四十八至六十八。

⑧ 母題：モチーフ（motif）。根據福田アジオ等編（二〇〇〇）《日本民俗大辭典（下）》（吉川弘文館），頁六九五，寫道：「在描述傳說內容特徵時，以登場人物的行動為基準所使用的概念。與話型（類型）一樣，是分析故事情節展開的最基礎概念之一。（中略）湯普森（Thompson,Stith）將『母題』定義為『在傳承中擁有生存力量的故事中最小的要素』，並指出大多數被稱之為母題的都是『單一的事件』。」

⑨ 釣針喪失的故事，雖未必會伴隨著兄弟相爭，但此故事有因弟弟弄丟了哥哥的釣針，而引起兄弟爭執的情節，在此列為兄弟相爭的一環。

女豐玉毘賣結婚（異界婚，在此指不同世界之男女結婚）、（四）異界的財寶・咒寶的取得、（五）隼人的臣服（兄弟相爭）、（六）鵜葺草葺不合命的誕生（神武天皇之父親、始祖誕生）、（七）婚姻破局（海陸的斷絕）。

沖繩、韓國、中國、東南亞等諸國經常可見與這七大母題類似的故事，相關例子詳參「延伸學習」。不過，各國的故事也並非完全相同，因此又可再區分成幾個類型：

(1)海宮遊歷型：此類型故事的主軸較單純，主要敘述故事主角前往海宮的遊歷經過。

(2)釣針喪失型：此類型主要以釣針喪失為故事的核心。然而，釣針喪失不一定會導致主角前往海宮訪問，也就是說釣針喪失和海宮訪問不一定有絕對的關係。釣針喪失的故事在東南亞諸島時有所見，此故事應是乘著東南亞諸島的海潮，透過發源於印尼之隼人流傳至九州南部⑩。

(3)海宮訪問的財寶・咒寶取得型：此類型主要是主角因到海宮訪問，而得到了海界的財寶或咒寶。同時，這類故事也經常伴隨著異界婚的要素，但敘述的重點多不在異界婚，而在海界的財寶或咒寶的取得。

(4)海宮訪問的異界婚型：此類型主要著眼於主角與異界女子結婚的過程。

(5)海宮訪問的始祖誕生型：此類型主要是從異界婚進一步發展成始祖誕生的要素，也就是因異界婚而生下孩子，該孩子日後成為王室或某氏族之祖。

⑩ 有關釣針喪失故事之流傳，詳參注七論文。

(6)兄弟相爭型：此類型未必是海宮訪問故事所不可或缺的要素，事實上，多數海宮訪問型敘事並不包含此情節。因此，本故事能夠結合「兄弟相爭」與「海宮訪問」兩種情節，也顯得格外獨特。

以上六種故事類型之間，雖然有類似的部分，但也各自強調了不同的重點。進一步地說，釣針傳說未必會和海宮訪問或兄弟相爭的主題有所關聯，異界婚也不一定連結到始祖誕生，上述六種故事類型，本就是可以各自獨立存在。儘管如此，〈山幸海宮訪問神話〉中卻是同時融合了這六種類型，由此可以看出此篇故事複雜且豐富的程度。

## 4 延伸學習⑪

〈山幸海宮訪問神話〉在沖繩、中國、韓國、東南亞地區都有許多類似的故事，以下列舉各區域共十二個例子作為延伸學習。

### (1)「穩作根嶽」山名的由來（《球陽外卷．遺老說傳》九十四話）

與那霸村有個男人在海濱撿到一束頭髮，發現頭髮的主人是位美麗的女子，男人

⑪ 以下內容詳參注七論文。

隨後被女子帶到龍宮。三個月後，男人心中萌生了思鄉之情，不顧龍宮神明的挽留，堅持要回家。臨走前，神明交給男人一個用紙包住的東西，叮囑他若還想回到龍宮，就千萬不要打開這包東西。男人回到故鄉後，發現認識的人都不見了，於是他漫無目的地走上山，當他「穩作根」（坐下休息的意思）時，忍不住打開了那包紙，裡頭是一束白髮，白髮一飄到他身上，男子立刻衰老，隨即死去。人們將這個男人埋葬並加以祭祀，埋葬男人的這座山也被稱為「穩作根嶽」。

### (2)若狹夫人訪問海宮（《琉球神道記》第五卷）

曾經有位若狹大人，他的妻子失蹤了，三十三年後妻子才從海邊歸來，而且容貌和她失蹤時一模一樣，不見半分衰老，所有人都懷疑她到底是誰，若狹夫人說自己只是到野外玩了兩三天而已，並和丈夫說了夫妻間才知道的往事。

### (3)遺失的釣針（沖繩平良市池間）

有個小孩在海邊釣魚，他的釣鉤釣到一隻很大的魚，隨後釣鉤跟著大魚一起消失了。小孩在海邊大哭，龍宮的神明決定幫小孩找釣鉤，便召集了所有的魚過來一起找，然而，眼張魚[12]卻沒有出現。住在眼張魚隔壁的章魚向神明報告，說眼張魚因為肚子痛

⑫ 日文為「めばる」。無備平鮋。

而無法過來，但神明命令章魚一定要把眼張魚帶來。眼張魚一趕來，龍宮的神明便用他手上的棒子用力打開眼張魚的嘴，從裡頭取出釣鉤還給那個小孩。傳說眼張魚之所以嘴巴大，便是這個緣故。而章魚則是在這之後被眼張魚打了一頓，骨頭都碎光了，所以才沒有骨頭。

### (4)「嶺間御嶽神」的由來（沖繩多良間村仲筋）

嶺間御嶽村長和大立峯村長出海碰上船難，勉強還活著，他們決定潛到海底去看看原因。兩人在海底龍宮碰到嶺間御嶽村長的妹妹和妹夫，妹夫給嶺間御嶽村長一句建議：「心若躁動便要靜，手想動時更要靜」，而對於大立峯村長則是給了很多財寶。之後兩人回到故鄉，嶺間御嶽村長遵守妹夫給的建議，一家人平安地度過一生，日後被村民們當作「嶺間御嶽神」來祭拜；相對於此，大立峯村長雖然收取了財寶，最後全家卻都死了。

### (5)蘇拉威西島的釣針故事（印尼）⑬

有個男人向朋友借了釣鉤來釣魚，但是卻將釣鉤弄丟了。朋友威脅並要求男人一定要把釣鉤找回來，男人只好潛入海中去找，結果意外發現了一條路，走進去後是個

⑬ 本故事取自松村武雄（一九五五）《日本神話研究 第三卷》（培風館），頁六七八。

村子，裡面有個少女，正因為喉嚨卡到釣鉤而痛苦不已。男人幫忙將釣鉤取出，她的父母知道這件事之後，高興地送了很多東西給男人。之後男人被一大群魚送回岸上，他請神明幫忙報仇，因此天上降下大雨，讓威脅他的朋友陷入困境。

### (6) Atomorokoto 的釣針故事（帛琉）⑭

族長的兒子 Atomorokoto 因為弄丟釣鉤而被父親責罵，他為了找回釣鉤，前往海中名為 Addaku 的地方，剛好遇到因為不小心吞下釣鉤而痛苦不已的女性。女性其實是此地的統治者，她吐出釣鉤後，發覺男人是她的孫子，於是允許孫子可以帶走所有想要的物品。

### (7) Mong Mao 的始祖誕生（緬甸撣人）⑮

有個男人愛上一名龍女，他們結為連理，到湖底的龍王國一起居住。到了龍王國送水節的當天，龍女要求她的丈夫留在家裡，不要看外面，然而男人沒有遵守約定，因此看到妻子的真身。龍女便帶著丈夫回到陸地上，留下一顆蛋，便離開了，這顆蛋便是後來的國王。

⑭ 本故事取自大久間喜一郎・乾克己等編（一九九三）〈アトモロコトの釣針説話〉，《上代説話事典》（雄山閣），頁七十。「Atomorokoto」、「Addaku」為筆者音譯。

⑮ 本故事取自宮崎市定（一九九三）〈アジア諸文化の成立とその推移〉，《宮崎市定全集第十八巻—アジア史》（岩波書店），頁三十二。

## ⑻世祖龍建的誕生（高句麗，《高麗史》）

作帝建（或稱王帝建，高麗國懿祖），受到西海龍王的委託前去打跑狐狸，龍王為了感謝他，邀請他去龍宮。之後，龍王將他的長女許配給他，並賜予他一頭有神力的豬。作帝建帶著妻子回到陸地上，妻子便在府邸內造了一個井，透過這口井，穿梭於夫家和龍宮之間。她要求丈夫不能看她穿越井時的模樣，但某天丈夫不遵守約定，偷看到妻子和侍女瞬間化為黃龍穿井的樣子。妻子回來後，責怪丈夫毀約，並化為龍形，躍入井中，再也不回來了。龍女與作帝建之間所生的孩子便是日後的高麗國世祖龍建（或稱王龍建，高麗王朝開國君主太祖王建之父）。

## ⑼河伯婿（《搜神記》第四卷第六話）

有一個男人進入水中，以石頭為枕，睡了一下，隨後便有個十六、七歲的女性帶著十三、四歲的少年來將男人帶到河伯那裡去，接著河伯將自己的女兒嫁給男人。婚後，男人要回到陸地上，妻子便贈與他十萬元和三卷藥方，那些藥方據說相當靈驗，救人無數。

## ⑽〈柳毅傳〉（《太平廣記》第四一九卷所收）

柳毅科舉落榜，沿著湘江回鄉的路上，碰到被丈夫趕出來的龍女。柳毅到洞庭湖龍宮找龍女的父親洞庭君，代替龍女傳話，洞庭君的弟弟錢塘君聽了之後很生氣，要為龍女報仇。柳毅因此獲得許多財寶，在揚州成為大商人。柳毅雖有妻妾，但她們很快就死了，之後有人介紹另一個人當他的妻子，那個人就是龍女的化身，傳說這兩人後來都到洞庭湖成了神仙。

### (11)吹笛少年與魚妻（中國四川，彝族）

一位老母親向她的三個兒子詢問，可以做什麼回報自己？大哥說他可以種田，二哥說他可以撿柴火，小弟說可以吹笛給母親聽。小弟根據喜鵲給的資訊，取了上好的黑竹，沒有打洞就做成一支好笛。小弟吹奏黑竹笛給漁夫聽，漁夫便送了一條美麗的魚給他。

某天，小弟在睡覺時，一名女子出現，幫小弟打理一切生活事務，小弟假裝在睡覺，趁機抓住了女子，女子便帶他去龍宮。抵達龍宮後，女子的父親魚王給小弟出了許多難題，小弟在女子的幫助下成功度過考驗和女子結婚，兩人回到地上過著幸福快樂的生活。

### (12)格山和龍珠（中國湖南，土家族）

有一對兄弟，哥哥叫格路，弟弟叫格山，格山受到兄嫂夫婦苛待，無法忍受而離家出走。格山在外頭漫無目的地亂走之際，碰巧救下一隻差點被大蛇吃掉的黃鶯，黃鶩化為美麗的女子，她自稱是龍王的女兒，並和格山結婚，兩人前往龍王國。

格山在龍宮受到隆重的款待，然而他在龍宮住一段時間後，思鄉之情忽起，妻子便隨他一起回到陸地。啟程前，龍王欲贈與格山財寶，但格山沒有收，只帶走有法力的龍珠。格山回到陸上後，蓋了宏偉的宮殿，和妻子過著幸福的生活。格山的兄嫂對此感到不滿，想要放火燒死格山夫妻，格山用龍珠反擊，將兄嫂燒死。另外，格山還用龍珠的法力，召喚大量的水，幫助無法灌溉的村民建立良田。

從以上十二例中可以看得到海宮遊歷、釣針喪失、海宮訪問的財寶・咒寶取得、海宮訪問的異界婚（含異類婚，例如(7)、(8)、(10)、(12)之龍女以及(11)之魚妻）與始祖誕生、兄弟相爭、禁忌／打破禁忌、婚姻破局、歷險、致富等等要素。這些要素本身各自都能構成一種故事類型，並常見於沖繩、韓國、中國及東南亞等地的傳說中。而本篇主題〈山幸海宮訪問神話〉，正是融合了這些多元要素的綜合體。

## 5 參考文獻（依出版日排列）


（日文文獻）

- 松村武雄（一九五五）《日本神話研究第三卷》，東京：培風館
- 金宋瑞等撰修（一九七二）《高麗史》，東京：亜細亜文化社

・大久間喜一郎・乾克己等編（一九九三）《上代説話事典》，東京：雄山閣
・宮崎市定（一九九三）〈アジア諸文化の成立とその推移〉，《宮崎市定全集　第十八巻─アジア史》，東京：岩波書店（初出：《アジア史概説》，東京：中公文庫，一九八七）
・小島憲之等校注・訳（一九九四～一九九八）《日本書紀一～三》新編日本古典文学全集二～四，東京：小学館
・山口佳紀・神野志隆光校注・訳（一九九七）《古事記》新編日本古典文学全集一，東京：小学館
・原田禹雄注・訳（二〇〇一）《琉球神道記》，沖縄県宜野湾：榕樹書林
・高津孝等編（二〇一三）《球陽外巻・遺老説伝》琉球王国漢文文献集成第十四冊，上海：復旦大學出版社
・鄭家瑜（二〇一五）〈日本神話における山幸の海宮訪問譚の構造と特色─環太平洋の視座から見る─〉《日本語日本文学》第四十四輯，新北：臺灣輔仁大學


（中文文獻）


・汪紹楹校注（一九八二）《搜神記》，台北：里仁書局
・汪紹楹校注（二〇〇三）《太平広記　第九冊》，北京：中華書局

## 6 延伸學習書單（依出版日排列）

- 志村三喜子（一九八三）〈イ族の伝承文芸〉，飯倉照平編《雲南の民族文化》，東京：研文出版
- 次田真幸（一九八五）〈海幸山幸神話の形成と阿曇連〉《日本神話の構成と成立》所收，東京：明治書院（初出：《東アジアの古代文化》第七号，東京：大和書房，一九七五）
- 伊藤清司（一九九三）〈日本と中国の水界女房譚〉，日本昔話学会編《昔話―研究と資料第二十一号―日中昔話の比較》，東京：三弥井書店

# 第三章
# 〈聖帝傳說〉

## 1 作者與作品簡介

本篇〈聖帝傳說〉（聖帝伝説），出自《古事記》（古事記）下卷〈仁德天皇記〉（仁德天皇記）①，主要描寫仁德天皇（仁德天皇，第十六代天皇）被稱為「聖帝」的經過，以及皇后「石之日賣命」（石之日売命）②忌妒的相關故事。

《古事記》的下卷和中卷一樣是以「天皇記」③的方式，記載各天皇治世期間的事蹟以及天皇的系譜，其中也夾雜許多傳說故事。《古事記》的相關介紹，詳參第一章「作者與作品簡介」。

① 《古事記》中稱之為「仁德天皇記」，《日本書紀》中則稱之為「仁德天皇紀」。
② 《日本書紀》（にほんしょき）之表記為「磐之媛命」（いわのひめのみこと）。
③ 《日本書紀》中則稱之為「天皇紀」。

本篇故事的主角仁德天皇，其父為應神天皇（応神天皇，第十五代天皇），其母為中日賣命（中日売命）④。仁德天皇被推測判定為中國文獻（例如《宋書》）中所記載的倭五王之一——「讚」，但也有認為是倭五王的「珍（彌）」。「仁德天皇」為漢風諡號，其和風諡號為「大雀命」（大雀命）⑤。他之所以被稱為「仁德天皇」，當然與其對百姓的體恤有關。此故事一開始，便是仁德天皇登上高山，看到國內四處沒有炊煙，因此進行三年的減稅，三年後見到炊煙再起，人民生活富饒，才重新恢復課稅。

在《古事記》中，仁德天皇的故事始於〈聖帝傳說〉，不過之後的故事皆圍繞著女性展開。仁德天皇雖是體恤子民困苦的慈愛天皇，但在感情上卻也是相當博愛，以致頻頻引起皇后石之日賣命忌妒又大怒。仁德天皇屢屢愛上別的女人，這回又在皇后外出準備祭祀用的御綱柏⑥時，娶了仁德天皇同父異母的妹妹「八田若郎女」（八田若郎女）⑦，這大大地惹怒了石之日賣命，所以石之日賣命便將採好的御綱柏全部丟入海中，並且沒有回到宮廷。石之日賣命雖然思念家鄉葛城，卻也無法立即回到家鄉，因此借住在臣子家中。

④《日本書紀》之表記為「仲姫命」（なかつひめのみこと）。
⑤《日本書紀》之表記為「大鷦鷯尊」（おおさざきのみこと）。
⑥御綱柏（みつながしわ）指祭祀時用來盛酒或飯的木葉。葉子末端分為三片或五片，小灌木「隱蓑」（隠れ蓑（カクレミノ））的葉子。
⑦《日本書紀》之表記為「八田皇女」（やたのひめみこ）。

## 2 文本

### 原文摘錄

於是、天皇、登高山、見四方之国、詔之、於国中、烟、不発、国、皆貧窮。故、自今至三年、悉除人民之課役。是以、大殿、破壊、悉雖雨漏、都勿修理。以椷、受其漏雨、遷避于不漏処。

後、見国中、於国満烟。故、為人民富、今科課役。是以、百姓之、栄、不苦役使。故、称其御世、謂聖帝世也。

其大后石之日売命、甚多嫉妬。故、天皇所使之妾者、不得臨宮中。言立者、足母阿賀迦邇嫉妬。【自母下五字以音。】

爾、天皇、聞看吉備海部直之女、名黒日売、其容姿端正、喚上而使也。然、畏其大后之嫉、逃下本国。（中略）

自此後時、大后、為将豊楽而、於採御綱柏、幸行木国之間、天皇、婚八田若郎女。於是、大后、御綱柏積盈御船、還幸之時、所駆使於水取司、吉備国児島郡仕丁、是退己国、於難波之大渡、遇所後倉人女之船。乃、語云、天皇者、比日婚八田若郎女而、昼夜戯遊。若大后不聞看此事乎、静遊幸行。爾、其倉人女、聞此語言、即追近御船、白之状、具如仕丁之言。

於是、大后、大恨怒、載其御船之御綱柏者、悉投棄於海。故、号其地謂御津前也。即不入坐宮而、引避其御船、泝於堀江、随河而上幸山代。此時、歌曰、

都芸泥布夜　々麻志呂賀波袁　迦波能煩理　和賀能煩礼波　迦波能倍邇　淤斐陀弖流　佐斯夫袁　佐斯夫能紀　斯賀斯多邇　淤斐陀弖流　波毘呂　由都麻都婆岐　斯賀波那能　弖理伊麻斯　芝賀波能　比呂理伊麻須波　淤富岐美呂迦母

即、自山代迴、到坐那良山口、歌曰、

都芸泥布夜　々麻斯呂賀波袁　美夜能煩理　和賀能煩礼婆　阿袁邇余志　那良袁須疑　袁陀弖　夜麻登袁須疑　和賀美賀本斯久邇波　迦豆良紀　多迦美夜　和芸弊能阿多理

如此歌而還、暫入坐筒木韓人、名奴理能美之家也。

## 日文摘要

天皇は高い山に登り、四方を見渡して国土を見て、「国の中には、炊煙が発たず、みんな貧しい状態でいる。そこで、今から三年の間、人民の租税と夫役をすべて免除せよ」と言った。こうして、宮殿は破損して、いたるところで雨漏りがしても、全く修理をしなかった。やがて国中に炊煙が満ちているのを見て、天皇は「課役（租税と夫役）をせよ」と命令した。天皇の行動により、人民は繁栄して、夫役に苦しむことはなかった。そのため、天皇の治世は賞賛され、「聖帝の時代」と称された。

皇后である石之日売命は、嫉妬することがとても多かった。それで、天皇の妃たちは宮中に近づくことができなかった。妃たちが何か特別なことを言ったりすると、皇后は足をばたばたさせる⑧ほどに嫉妬した。天皇は吉備の海部直の娘である黒日売の美しい容姿について聞き及び、彼女を宮中に迎えたが、黒日売は皇后の嫉妬を恐れ、故郷に逃げ帰ってしまった。（中略）

その後、皇后は酒宴を催そうとして、御綱柏を採りに宮殿を出た。皇后の船に遅れた倉人女⑨が後から追っていった。皇后が宮殿に戻ろうとしているとき、水取司⑩に使われている男が任期を終えて故郷に帰る途中、偶然にも倉人女の船に出会った。その男は倉人女に「天皇は、このごろ八田若郎女と結婚して、一日中戯れ遊んでいらっしゃいます。ひょっとして皇后はこのことをご存じないのでしょうか、のんびりと遊び歩いていらっしゃいます」と言った。倉人女は、この男の語る話を聞いて、すぐに皇后の船に追いついて事情を報告した。皇后はこのことを知ると大いに恨み怒って、採取した御綱柏をすべて海に投げ込んだ。そのため、その地は「御津前」⑪と呼ばれるようになった。

⑧ 原文是「足母阿賀迦邇」（あしもあがかに），意指「激動到連腳都顫抖」的意思，在此用來形容忌妒的模樣。
⑨「倉人女」為皇后身邊的女官，在生活中經常和在天皇身側服侍的「水取司」僕役有接觸。
⑩「水取司」為掌管宮中飲用水的地方，經常於天皇身側服侍。
⑪ 御津前「ミツノサキ」和御綱柏「ミツノガシハ」的發音相近。

皇后は高津宮⑫に戻らず、難波の堀江に沿って上流へ進み、山城国まで行った。この時に、「つぎねふや……（後略）」と、天皇を聖なる烏草樹や椿にたとえた賛歌を歌った⑬。皇后は山城を辿り、奈良山の入り口まで来ると、「自分が見たいと思う国は、その先にある葛城⑭の高宮、私の家のあたりである」という歌を詠んだ。歌を詠み終えると、皇后は大和には入らず、しばらく綴喜⑮の韓人⑯である奴理能美の家に滞在した。

## 中文摘要

仁德天皇登上高山後，環顧四周國土，說道：「國內沒有炊煙升起，這代表人民現在處於貧窮狀態，從現在開始，免除人民三年的租稅和勞役吧！」為此，天皇的宮

⑫ 高津位於現今之大阪市中央區和天王寺區之間，從道頓堀川向南延伸的地區。

⑬ 此處文意較為晦澀，皇后為何在此歌詠並頌讚天皇，頗令人費解。多數學者推測，主要是為了將歌謠嵌入敘事之中。《古事記》與《日本書紀》（兩書合稱《記紀》，兩書合計約有二四〇首歌謠，其中約有五十三首重複）有不少這樣的例子，將民謠、宮廷歌謠等等，收入書中並與物語敘事進行結合。同時，此歌如「原文摘錄」所示，原文由萬葉假名進行表記，主要在頌讚天皇。

⑭ 葛城（古代讀為「かづらき／かずらき」，現代多讀為「かつらぎ」）是奈良縣中西部、葛城山東麓一帶的稱呼，屬於現在的葛城市和御所市的區域。

⑮ 現今之京都府綴喜郡田邊町一帶。

⑯ 依據《古事記》新編日本古典文学全集一（小学館），頁二九四，頭注四，「韓人」意為「從朝鮮渡海而來的移民」。

殿即使破損、漏雨，也不進行修繕。等待國家重新繁盛起來之後，天皇才宣布重新開始課徵租稅及勞役。天皇的舉措，使人民變得富裕，又免於勞役之苦，因此仁德天皇的治世期間被讚譽為「聖帝之世」。

皇后石之日賣命十分善妒，使得天皇的妃子們無法靠近宮中，若妃子說了什麼特別的話，皇后就會忌妒得跺腳。天皇曾聽說「吉備海部直」的女兒「黑日賣」儀態與容貌端正秀麗，於是將其迎來宮中，但黑日賣害怕皇后的忌妒，便逃回了家鄉。

而後，皇后出宮採集祭典宴席所需之御綱柏。當她在回宮的途中，一名水取司的僕役完成任期正要返鄉，巧遇素日服侍皇后的倉人女的船隻，便告訴了倉人女：「天皇娶了八田若郎女，並且兩人終日嬉戲，皇后該不會不知道這件事吧？才能如此這般悠哉在外。」倉人女聽到這番話後，急忙追上皇后的船稟報。皇后得知後大為震怒，將採來的御綱柏悉數扔入海中，而該地也因此被稱為「御津前」（「御津前」與「御綱柏」的發音類似）。

皇后並未回到天皇所在的高津宮，而是順著堀江而上，一路到了山城國，並歌詠了天皇的頌讚和歌，將天皇比作神聖的烏草樹及山茶花。皇后沿著山城，來到了奈良山的入口，並歌詠了另一首和歌，傾訴自己對故鄉葛城的思念。隨後，皇后並未返回宮中，而是暫居在綴喜郡一個名為「奴理能美」的韓人家。

## 3 作品賞析

### (1)國見

依據《日本國語大辭典》（日本国語大辞典）⑰的解釋，所謂的「國見」，是指該國的大王或是地方首長站在高處，觀看國家地勢及人民的生活狀況等等，此行為是一種國家支配者之象徵。《萬葉集》（万葉集）中有許多描述「國見」的場景，依據《萬葉集鑑賞事典》（万葉集鑑賞事典）⑱所述：「國見」是指站在山崗等高處眺望，讚美國土，預祝豐收和繁榮的儀式。本篇故事中，仁德天皇登上高山並環顧四周國土，可視為天皇的「國見」儀式。

### (2)忌妒與婚姻

《古事記》記載仁德天皇的皇后石之日賣命有很強的忌妒心，使得其他妃子無法進入宮中。有一次，聽說吉備海部直的女兒黑日賣的容貌端麗，天皇便召見她，但黑日賣因害怕皇后的忌妒而逃回吉備。天皇聽到之後，便在高殿上唱起懷念黑日賣的歌。

⑰《日本国語大辞典》，https://japanknowledge-com.proxyone.lib.nccu.edu.tw:8443/lib/display/?lid=20020429decNDnwpjf2（西元二〇二三年十一月二十七日查閱）

⑱神野志隆光編（二〇一〇）《万葉集鑑賞事典》（講談社），頁三六五。

知道這件事之後，石之日賣命大為憤怒，便派人將黑日賣從船上趕下來，使她步行回吉備。

然而，后妃們會產生忌妒也不全然是為了自己。古代的君王透過與地方氏族聯姻來鞏固自己的勢力，而出嫁到宮廷中的女人們代表著各自的氏族，並承擔著氏族的興衰。石之日賣命出自日本古代豪族——葛城氏[19]，承擔著葛城氏的未來，因此聽到天皇看上吉備氏[20]的黑日賣時，除了身為女人的忌妒之外，當然還顧慮著自己氏族的將來。此外，更是在聽到天皇娶了身分高貴的八田若郎女時，產生了強烈的忌妒心和危機感。即便如此，憤怒的石之日賣命卻也不可貿然地回到故鄉，畢竟她的行為牽動著整個氏族。因此皇后雖已來到了奈良山的入口，並看到自己的家鄉葛城高宮，最後卻也只能望著娘家的宮殿興嘆，然後寄宿於臣子家中。而身為丈夫的仁德天皇，最後也在臣子的良策下，將皇后請回了宮中。天皇不但順利地安撫了皇后，並與身旁的女性亦能和睦相處，這也算為天皇美好的德性之一。

### (3)名字的由來

仁德天皇的和風諡號與他的誕生傳說有關。由於《古事記》對於仁德天皇的誕生傳說相關敘述較少，因此以下援用《日本書紀》〈仁德天皇紀〉的內容。《日本書紀》

---

⑲ 以大和葛城地區（現今之奈良縣御所市、葛城市一帶）為根據地的古代地方豪族。
⑳ 古代日本吉備國（現今之岡山縣）的豪族。

奈良縣葛城一帶景色

寫道：

初天皇生日、木菟入于産殿。明旦、誉田天皇喚大臣武内宿禰語之曰、是何瑞也。大臣対言、吉祥也。復当昨日、臣妻産時、鷦鷯入于産屋。是亦異焉。爰天皇曰、今朕之子与大臣之子、同日共産。兼有瑞。是天之表焉。以為、取其鳥名、各相易名子、為後葉之契也。則取鷦鷯名以名太子曰大鷦鷯皇子、取木菟名号大臣之子曰木菟宿禰。是平群臣之始祖也。是年也、太歳癸酉。

這一段原文在說明仁德天皇出生時，有一種木菟鳥（木菟（つく））飛進產房，而大臣「武內宿禰」（武內宿禰（たけうちのすくね））的妻子生產時也有鷦鷯（鷦鷯（さざき））飛進產房。第二天，應神天皇問武內宿禰這是何祥瑞，

武內回答並說他妻子昨天生孩子的時候產房也飛進了一隻鳥，於是君臣二人決定交換鳥的名字為各自的孩子命名，因此皇子名為「大鷦鷯皇子」（大鷦鷯皇子），武內宿禰的兒子則名為「木菟宿禰」（木菟宿禰）。這也是仁德天皇和風諡號稱作「大鷦鷯尊」的由來。

## 4 延伸學習

在日本的神話中，還有一位非常知名的善妒女性，名為「須勢理毘賣」（須勢理毘賣），她是根之堅州國（根之堅州国）的國主「須佐之男大神」（須佐之男大神）的女兒。當「大穴牟遲神」（大穴牟遲神）落難逃至根之堅州國時，兩人一見鍾情，結了婚。大穴牟遲神經歷了種種的試煉，並取得了根之堅州國的寶物（生大刀、生弓矢、天沼琴）後，便帶著須勢理毘賣離開了根之堅州國，制伏了哥哥們，成為了統治全國的「大國主神」（大国主神）。

但大國主神後來又娶了「八上比賣」（八上比売），然而八上比賣因畏懼易妒的須勢理毘賣，將生下來的兒子放在樹叉上即返回家鄉。不久後，大國主神又娶了「沼河比賣」（沼河比売）。這使得須勢理毘賣的忌妒心大大地發作，也讓大國主神感到非常困擾，想要離家。後來，須勢理毘賣說：「我是一個女人，除了你以外，我別無所愛。」，努力挽回丈夫想要離家的心。

從上述故事，我們可以知道須勢理毘賣是一個極易忌妒的女性。然而，為什麼須勢理毘賣對丈夫另娶其他女子如此忌妒呢？除了丈夫被另一個女人佔有之外，她身為根之堅州國的公主之尊嚴以及身為正妻的自尊心是相當高的，忌妒可能是她們恢復受損之自尊心的手段之一。對於性格強烈的女性來說，忌妒也許是她們表達自我主張與意識的一種方式。同時，如同「作品賞析」中所述，「忌妒」也是維護自己娘家利益和權勢的重要手段。

## 5 豆豆小知識——大仙陵古墳（大仙陵古墳）

大仙陵古墳又稱「大仙陵」（大仙陵）、「大山古墳」（大山古墳）或「百舌鳥耳原中陵」（百舌鳥耳原中陵），是位於大阪府堺市大仙町的「前方後圓墳」（前方後円墳），同時也是日本最大的古墳。專家推測判定其為仁德天皇的陵墓，因此又稱為「仁德天皇陵」。所謂的「前方後圓墳」，其特點是將墳丘的前部建為方形，後部建為圓形，原則上是在圓形的墳丘上附加了方形的墳丘，結合了圓形和方形，其平面形狀呈現出鎖孔形。日本的大型古墳，大多採用這種形式。在日本古代，要建造大型墳塚並非易事，需要大量的人力以及建材，因此大型古墳大多為權勢地位極高者的墳塚。

**大仙陵古墳**

原圖連結：Copyright © 地図・空中写真閲覧サービス 国土地理院（「基於國土基本圖資（彩色航空照片）製作，出自日本國土交通省」）https://commons.wikimedia.org/w/index.php?curid=120737378（西元二〇二五年八月九日查閱）

## 6 主要參考文獻（依出版日排列）


- 小島憲之等校注・訳（一九九六）《日本書紀②》新編日本古典文学全集三，東京：小学館
- 山口佳紀・神野志隆光校注・訳（一九九七）《古事記》新編日本古典文学全集一，東京：小学館
- 神野志隆光編（二〇一〇）《万葉集鑑賞事典》，東京：講談社

### 網路資料

- 國見：《日本国語大辞典》https://japanknowledge-com.proxyone.lib.nccu.edu.tw:8443/lib/display/?lid=200201429decNDnwpjf2（西元二〇二三年十一月二十七日查閱）
- 仁德天皇：《日本国語大辞典》https://japanknowledge.com/lib/display/?lid=2002033b450abRHVr7AN（西元二〇二四年八月二十五日查閱）

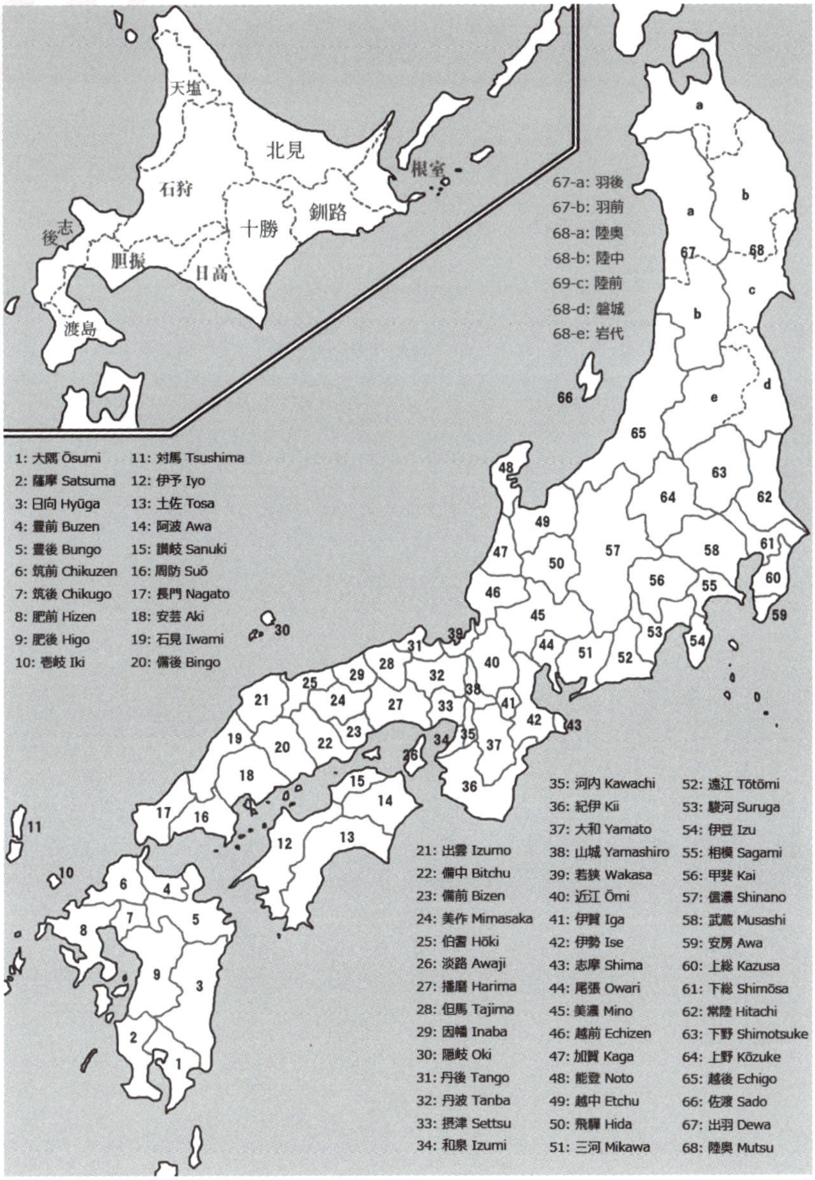
天塩
北見
石狩
根室
後志
十勝
釧路
胆振
日高
渡島
67-a: 羽後
67-b: 羽前
68-a: 陸奧
68-b: 陸中
69-c: 陸前
68-d: 磐城
68-e: 岩代
1: 大隅 Ōsumi
2: 薩摩 Satsuma
3: 日向 Hyūga
4: 豐前 Buzen
5: 豐後 Bungo
6: 筑前 Chikuzen
7: 筑後 Chikugo
8: 肥前 Hizen
9: 肥後 Higo
10: 壱岐 Iki
11: 対馬 Tsushima
12: 伊予 Iyo
13: 土佐 Tosa
14: 阿波 Awa
15: 讃岐 Sanuki
16: 周防 Suō
17: 長門 Nagato
18: 安芸 Aki
19: 石見 Iwami
20: 備後 Bingo
21: 出雲 Izumo
22: 備中 Bitchu
23: 備前 Bizen
24: 美作 Mimasaka
25: 伯耆 Hōki
26: 淡路 Awaji
27: 播磨 Harima
28: 但馬 Tajima
29: 因幡 Inaba
30: 隠岐 Oki
31: 丹後 Tango
32: 丹波 Tanba
33: 摂津 Settsu
34: 和泉 Izumi
35: 河内 Kawachi
36: 紀伊 Kii
37: 大和 Yamato
38: 山城 Yamashiro
39: 若狭 Wakasa
40: 近江 Ōmi
41: 伊賀 Iga
42: 伊勢 Ise
43: 志摩 Shima
44: 尾張 Owari
45: 美濃 Mino
46: 越前 Echizen
47: 加賀 Kaga
48: 能登 Noto
49: 越中 Etchu
50: 飛驒 Hida
51: 三河 Mikawa
52: 遠江 Tōtōmi
53: 駿河 Suruga
54: 伊豆 Izu
55: 相模 Sagami
56: 甲斐 Kai
57: 信濃 Shinano
58: 武蔵 Musashi
59: 安房 Awa
60: 上総 Kazusa
61: 下総 Shimōsa
62: 常陸 Hitachi
63: 下野 Shimotsuke
64: 上野 Kōzuke
65: 越後 Echigo
66: 佐渡 Sado
67: 出羽 Dewa
68: 陸奥 Mutsu

**古代日本國（令制國）地圖（日本古代行政區劃地圖，原圖作者 wikiwikiyarou）**

原圖連結：CC BY-SA 3.0 U 授權
https://upload.wikimedia.org/wikipedia/commons/thumb/a/a5/Ancient_Japan_provinces_map.jpg/725px-Ancient_Japan_provinces_map.jpg（西元二〇二五年七月二十一日查閱）

# 第四章 〈神功皇后傳說〉

## 1 作者與作品簡介

《日本書紀》（日本書紀）成書於西元七二〇年，由「舍人親王」（舍人親王，天武天皇（天武天皇）之子）率領當時各大部族的朝臣一同編撰。該書不僅是日本上代最具代表性的文獻之一，也被視為是日本史書的濫觴，六國史之首。

此書的撰寫方式主要是仿效中國史書的編年體，以天皇為中心，按照事件發生的年、月、日順序排列。內容共有三十卷，第一、二卷為「神代卷」，收錄了天地初始至第一代神武天皇（神武天皇）的誕生為止的故事；第三至三十卷為「天皇紀」[1]，敘

---

① 在日本上代文學中，《古事記》與《日本書紀》，分別簡稱《記》與《紀》，兩書合稱《記紀》。同時，《記》中敘述天皇的系譜、治世之處稱為「天皇記」，而《紀》中則稱之為「天皇紀」。

述了從神武天皇至持統天皇（持統天皇）等四十一位天皇（含欠史八代）的系譜、故事。此書的素材，除了與《古事記》（古事記）一樣有《帝皇日繼》[②]和《先代舊辭》[③]外，也採納許多個人傳記（例如《伊吉連博德書》）以及朝鮮三國的史書資料（例如《百濟記》）等。然而，《日本書紀》雖被視為日本第一部正史，但其中仍不乏許多虛構的部分，例如欠史八代的相關紀錄等等。再者，對於身為「正史」的《日本書紀》來說，「歌謠」未必有其必要性。儘管如此，《日本書紀》卻記載了高達一二八首的歌謠，其中約五十三首與《古事記》雷同。由此可見《日本書紀》除了「歷史性」之外，亦具有「文藝性」，在文學研究上具有重要的價值。

在古代的東亞世界裡，「漢字」無疑是極其重要的「傳播」媒介，透過漢字，東亞各國也形成了一個以漢字為中心的東亞共同文化圈，《日本書紀》也是在這漢字文化圈當中所孕育出來的。《日本書紀》全書採用了漢字來表記，使用漢文文體，書中大量採用中國式的文字潤飾，並借用中國典故、中國思想等等。《日本書紀》採用眾多的中國古籍，例如：《書經》、《禮記》、《春秋左氏傳》、《史記》、《漢書》、《後漢書》、《莊子》、《淮南子》、《文選》等等，不僅如此，根據小島憲之[④]的考察，《日本書紀》也頻繁使用《藝文類聚》等中國的「類書」[⑤]。

② 指天皇的系譜。

③ 指古代的傳承故事。

④ 小島憲之（一九六二～一九六五）《上代日本文学と中国文学―出典論を中心とする比較文学的考察（上）（中）（下）》（塙書房）。

⑤ 「類書」主要是指從各種書籍中蒐集資料，然後按其性質內容分類編排，以便查尋資料用的工具書，例如：《藝

本篇故事的主角——神功皇后（神功皇后）是日本第十四代天皇仲哀天皇（仲哀天皇）的皇后，同時也是第十五代天皇應神天皇（応神天皇）之母，其相關記載繁多。神功皇后的故事，不僅出現在《日本書紀》中，也出現在《古事記》、《風土記》（風土記）、《萬葉集》（万葉集）等八世紀同期的文獻中。

神功皇后[6]的和風諡號在《日本書紀》中被稱作「氣長足姬尊」（気長足姫尊），在《古事記》裡則表記為「息長帶日賣命」（息長帯日売命）或「息長帶比賣命」（息長帯比売命）。依照系譜，神功皇后的父親「氣長宿禰王」（気長宿禰王，《古事記》表記為「息長宿禰王」）是開化天皇（開化天皇，第九代天皇）的玄孫，母親「葛城高額媛」（葛城高額媛，《古事記》表記為「葛城之高額比賣」）則擁有朝鮮三國中的新羅（新羅）[7]血統，其遠祖可追溯至歸化日本的新羅王子「天日槍」（天日槍，《古事記》表記為「天之日矛」，天之日矛的相關故事詳見「延伸學習」），由此可知神功皇后具有朝鮮血統。

---

文類聚》、《太平御覽》等等。

⑥ 神功皇后相關資料參考《新編日本古典文学全集》以及《日本国史大辞典》，https://japanknowledge.com/lib/display/?lid=30010zz256610（西元二〇二三年六月二日查閱）

⑦ 新羅是朝鮮半島古代的國名。西元四世紀中葉，朝鮮東南部的辰韓十二國被斯盧（しら）國統一，建立了這個國家，定都於慶州。六世紀時，該國滅掉任那，將日本勢力逐出朝鮮半島，與百濟、高句麗三足鼎立，進入三國時代。七世紀時與唐朝結盟，先後滅掉百濟與高句麗，建立以大同江以南地區為核心的朝鮮半島第一個統一國家。該國仿效唐制，實行中央集權的政治體制，但因地方勢力興起而陷入困境，最終於西元九三五年為高麗的太祖王建所滅。新羅的相關資料詳參《日本国語大辞典》，https://japanknowledge.com/lib/display/?lid=2002022b8061V0B487Af（西元二〇二三年五月八日查閱）

神功皇后的相關傳說頗多，例如：〈以魚占卜〉、〈以髮占卜〉、〈釣魚傳說〉、〈鎮懷石傳說〉等等，是一位充滿著濃厚神話色彩的人物。《日本書紀》是以各天皇之系譜、治世之事蹟為編撰的主軸，卻在第九卷專門記載了神功皇后的故事，從這裡也可以知道神功皇后在日本歷史以及日本人心中的重要位置。本篇主題〈神功皇后傳說〉，主要從《日本書紀》第九卷〈神功皇后攝政前紀〉（神功皇后摂政前紀（じんぐうこうごうせっしょうぜんき））中節錄，以神功皇后征討新羅的過程中所發生的〈釣魚傳說〉、〈鎮懷石傳說〉為主軸。在《日本書紀》之外，《肥前國風土記》（肥前国風土記（ひぜんのくにふどき））⑧中也有神功皇后征討新羅以及其途中的釣魚傳說之記載，相關故事列為「延伸學習」。

## 2 文本

### 原文摘錄

気長足姫尊、稚日本根子彦大日日天皇之曾孫、気長宿禰王之女也。母曰葛城高顙媛。足仲彦天皇二年、立為皇后。幼而聰明叡智、貌容壯麗。父王異焉。

⑧《肥前國風土記》是和銅六年（西元七一三年）五月，當時的律令政府向各地發布了編撰《風土記》的詔令，此書可能是在大宰府與其他九州風土記一同編寫後上呈的公文書。在抄本的標題上，有《肥前風土記》、《風土記肥前國》等名稱。編者不詳。一卷。由於是根據鄉里制度編寫，可以推斷成書時期在靈龜（霊亀（れいき））元年（西元七一五元）以後，但具體時間不明確。《国史大辞典》，https://japanknowledge.com/lib/display/?lid=30010zz402600（西元二〇二四年七月十二日查閱）

九年春二月、足仲彦天皇崩於筑紫橿日宮。時皇后傷天皇不従神教而早崩、以為、知所祟之神、欲求財宝国。是以命群臣及百寮、以解罪改過、更造斎宮於小山田邑。

三月壬申朔、皇后選吉日入斎宮、親為神主、則命武内宿禰令撫琴、喚中臣烏賊津使主為審神者。（中略）夏四月壬寅朔甲辰、北到火前国松浦県、而進食於玉嶋里小河之側。於是皇后勾針為鉤、取粒為餌、抽取裳縷為緡、登河中石上、而投鉤祈之曰、朕西欲求財国。若有成事者、河魚飲鉤。因以挙竿、乃獲細鱗魚。時皇后曰、希見物也。【希見、此云梅豆邏志。】故時人号其処曰梅豆羅国。今謂松浦訛也。是以其国女人毎当四月上旬、以鉤投河中、捕年魚、於今不絶。唯男夫雖釣、以不能獲魚。（中略）皇后還詣橿日浦、解髪臨海曰、吾被神祇之教、頼皇祖之霊、浮渉滄海、躬欲西征。是以今頭滌海水。若有験者、髪自分為両。即入海洗之髪自分也。（中略）于時也適当皇后之開胎。皇后則取石挿腰、而祈之曰、事竟還日、産於茲土。其石今在于伊都県道辺。

（後略）

## 日文摘要

気長足姫尊は稚日本根子彦大日日天皇（開化天皇）の曾孫、気長宿禰王の娘である。母は葛城高額媛という。足仲彦天皇（仲哀天皇）の二年に、立って皇后となった。彼女は父王も訝るほど、幼少の頃より聡明で叡智をもち、容貌も壮麗であった。

九年春二月に、足仲彦天皇は筑紫⑨の橿日宮⑩で崩御した。その時、皇后は、天皇が神のお教えに従わないために早く崩御したことを悲しく思って、神のお教えに従い、財宝の国を求めようと考えた。そこで、群臣及び百官に命じて、罪を祓い⑪過ちを改めて、さらに斎宮⑫を小山田邑に造らせた。

三月壬申朔（一日）に、皇后は吉日を選んで斎宮に入り、自ら神主⑬となった。武内宿禰に命じて、琴を弾じさせ、中臣烏賊津使主を審神者⑭とさせた。

⑨ 依據《日本国語大辞典》所述，筑紫（筑紫〔つくし〕）一詞在古代有泛稱整個九州地區的意思，也可指九州北半部，或指肥國・豐國一帶，或指筑前・筑後一帶，亦有指筑前國或大宰府。《日本国語大辞典》，https://japanknowledge-com.proxyone.lib.nccu.edu.tw:8443/lib/display/?lid=200202d11b66428S3oi2（西元二〇二三年十一月二十八日查閱）

⑩ 橿日宮（かしひのみや）為今日位於福岡市東區香椎之「香椎宮」，是古代仲哀天皇的行宮。仲哀天皇在征討九州的熊襲（くまそ）時突然於此地駕崩，神功皇后逝世後也被合葬於此。此宮之主祭神為仲哀天皇、神功皇后，配祀神是應神天皇與住吉大神。在奈良・平安時代前期也被稱為香椎廟。

⑪ 依據《日本国語大辞典》之解釋，「祓い」一詞與「はらう（払）」的語源相同，是「ハラフ（払）」的轉義字。意指去除身上的不淨。《日本国語大辞典》，https://japanknowledge-com.proxyone.lib.nccu.edu.tw:8443/lib/display/?lid=2002037090204uq00g64（西元二〇二三年十一月二十九日查閱）

⑫ 天皇舉行神事所用的宮殿。天皇會閉居於其中，進行齋戒潔淨。又稱「いわいのみや」、「いみのみや」。《日本国語大辞典》，https://japanknowledge.com/lib/display/?lid=2002004473 14PJ4sHqBy（西元二〇二五年五月八日查閱）

⑬ 舉行祭神儀式或祭祀神之神職人員。

⑭ 解釋神意或神明話語的人。

夏四月の壬寅朔の甲辰（三日）に、北方の火前国⑮の松浦県⑯に到着して、玉島里の小川のほとりで食事をした。この時、皇后は縫針を曲げて釣針とし、飯粒を取って餌にした。さらに、御裳の糸を抜き取って釣糸にし、河の中の岩の上に登って釣針を投げ、祈誓して、「私は西方に財国⑰を求めようと思っている。もし、事を成就することがあるならば、川の魚よ、釣針を呑め」と言った。そうして竿を上げて、たちまち鮎⑱を獲った。その時、皇后は、「これは珍しいものである」と言った。それで時の人は、その地を梅豆羅国と名付けた。今、松浦と呼ぶのはその地名の訛ったものである。かくして、その国の女たちは、四月上旬になるたびに、釣針を河の中に投げ入れて、鮎を捕る習わしが、今でも絶えないのである。ただし男たちは、釣っても魚を獲ることはできない。（中略）皇后は橿日浦に行って、髪を解き海に臨んで、「私は天神地祇のお教えを蒙り、皇祖の御霊を蒙って、滄海原を渡って自ら西方を討伐しようと思う。そこで、頭を海水で濯ぐことにする。もし霊験がある

⑮ 指肥前國（肥前国（ひぜんのくに）），是日本古代西海道中的一個國家（區域）。其位置為現今之佐賀縣全域以及長崎縣除了對馬和壱岐以外的地區。

⑯ 其地點約為現今之佐賀縣東松浦郡一帶。

⑰ 在此指新羅。《日本書紀①》新編日本古典文学全集二（小学館），頁四一七，頭注十五，寫道：當時將新羅國視為擁有金、銀以及諸多色彩的財寶之國度。

⑱ 依據《日本書紀①》新編日本古典文学全集二（小学館），頁四二一，頭注二十五所述：年魚即為鮎（あゆ），是一種鱗片細小的魚，日本視其為祭祀時奉獻給神明的神饌。在此神功皇后用鮎來做占卜。

ならば、髪よ、自然に分れて二つになれ」と言った。そして髪を海に入れて濯ぐと、髪は自然に二つに分れた。

その時は、ちょうど皇后の臨月に当っていた。そこで皇后は石を取って腰に挟み、祈請をして、「事を成し終えて帰ったその日に、この地で生まれてください」と言った。その石は、今、伊都県の道のほとりにある。

## 中文摘要

氣長足姫尊（神功皇后）的父親為開化天皇的玄孫——氣長宿禰王，母親為葛城高額媛。仲哀天皇二年時被立為皇后。皇后從小聰明睿智且容貌美麗，連父親都為之驚訝。

仲哀九年春季二月，仲哀天皇在筑紫橿日宮駕崩。皇后為天皇不遵從神的旨意而駕崩感到哀傷，決定依照神諭征討西方的財寶之國。因此，命令群臣百官清洗罪孽、改正過錯，並在小山田邑建造了齋宮。三月壬申朔日（一日）時，皇后挑選吉日進入齋宮，自己作為祭主，命武內宿禰彈琴、中臣烏賊津使主當審神者。

夏季四月壬申朔甲辰（三日），皇后到了火前國松浦縣。在玉島里的小河（玉島川）邊飲食時，皇后將縫衣針折彎作為釣鉤，並取飯粒為餌，揪出自己裙上的線作為釣線，站在河中的石頭上，祈禱說：「我欲征討西方的財寶之國，若此事可成，那麼河裡的

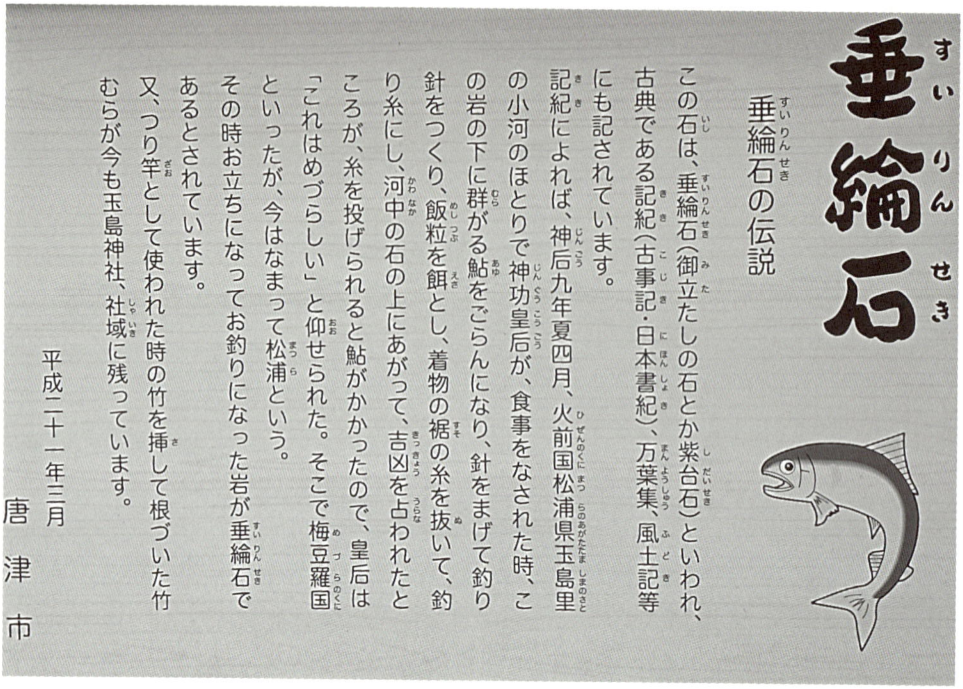
垂綸石
垂綸石の伝説
この石は、垂綸石（御立たしの石とか紫台石）といわれ、古典である記紀（古事記・日本書紀）、万葉集、風土記等にも記されています。
記紀によれば、神后九年夏四月、火前国松浦県玉島里の小河のほとりで神功皇后が、食事をなされた時、この岩の下に群がる鮎をごらんになり、針をまげて釣り針をつくり、飯粒を餌とし、着物の裾の糸を抜いて、釣り糸にし、河中の石の上にあがって、吉凶を占われたところが、糸を投げられると鮎がかかったので、皇后は「これはめづらしい」と仰せられた。そこで梅豆羅国といったが、今はなまって松浦という。
その時お立ちになってお釣りになった岩が垂綸石であるとされています。
又、つり竿として使われた時の竹を挿して根づいた竹むらが今も玉島神社、社域に残っています。
平成二十一年三月
唐津市

佐賀縣唐津市萬葉垂綸公園，垂綸石解說板

魚便咬鉤吧！」隨後將釣竿提起，果然釣到了鮎（年魚），皇后說道：這可真是罕見珍貴之物⑲啊！因此當時的人便將皇后釣魚的地方稱之為「梅豆羅國」（梅豆羅国），今稱「松浦」則是從「梅豆羅」的音轉化而來的。如今這地區的女性，仍保有在四月上旬釣鮎的習俗，而男性則無法釣到魚。

皇后回宮後，去到橿日浦，解開頭髮來到海中，說

⑲ 原文為「希見物」（希目（めずら）しき物（もの）），意指罕見、稀少之物，以表示珍貴。原文割字（文中小字處）寫到：「希見、此云梅豆邏志」，意指「希見」之讀音為一字一音之萬葉假名的讀法，讀成「梅豆邏志」（めずらし）。

佐賀縣唐津市萬葉垂綸公園，垂綸石（據傳為神功皇后釣魚時所站的石頭）

道：「我欲遵照天地神祇與祖靈的意志，橫渡蒼海前去討伐西方，因此我用海水洗頭。若是神明有靈，就讓我的頭髮自動分開吧！」如此這般，皇后便以海水洗頭，頭髮果然自動分為兩股。

當時也正值皇后將臨盆時，皇后取了一塊石頭夾在腰間，祈求道：「請讓我征討成功回來之日，再於此地生產」，這塊石頭果真推遲了皇后生產的時間，石頭如今仍在伊都縣的路邊。

## 3 作品賞析

分析本故事的內容，大體可分為（一）神功皇后的身分、（二）神功皇后的形象、（三）神功皇后釣魚傳說、（四）神功皇后髮占傳說、（五）神功皇后鎮懷石傳說。

有關（一）神功皇后的身分，從第一段的敘述內容可以知道：神功皇后除了是仲哀天皇的皇后外，同時也是開化天皇的後裔，其母更是具有新羅的血統，也就是神功皇后具有日本與新羅混合的血統。故事在一開始陳述其與新羅的關係之後，接著便開始敘述其征伐新羅路程中所歷經的事情。

有關（二）神功皇后的形象，文本中首先描述神功皇后集聰明與美貌於一身，在丈夫仲哀天皇不遵從神諭而猝死後，神功皇后挑選吉日進入齋宮，自己成為祭主來祭祀神明，從這裡可以看出她具有巫女的特質，而此特質也與（三）、（四）、（五）的故事息息相關。

（三）釣魚傳說說明了神功皇后出兵征討新羅時，途經松浦縣玉島川，以魚來占卜。她以縫衣針為釣鉤，飯粒為餌，裙上的線為釣線，順利釣到鮎，此處不僅是證明神功皇后依循神諭、擁有神助，更側面說明了神功皇后征討新羅此一行為是符合神的心意，有其正當性。

而（四）的故事，是皇后為了詢問神明此次向新羅出兵是否會勝利，而以自己的頭髮進行占卜，結果如她所願，頭髮果然自動分為兩股。此故事與（三）一樣，都具有強化皇后征討新羅的正當性之用意。

最後（五）的故事，神功皇后在即將生產之際，使用石頭鎮住肚子，延後生產的時間，化危為安，這也證明神功皇后具有神能、神助。而其腹中的孩子（日後的應神天皇）經歷了非正常人的誕生歷程（異常誕生），因此該子擁有一般人所沒有的異常能力，此點從《日本書紀》〈應神天皇紀〉（應神天皇紀）所述：「初天皇在孕而、天神地祇授三韓。既産之、宍生腕上。其形如鞆。是肖皇太后為雄裝之負鞆。」可以看出，腹中孩子在出生後有別於一般孩子，在其手腕上長著如護具「鞆」形的肉。在《古事記》中則描述神功皇后腹中的孩子實為神子。

本章整體故事是在描述神功皇后的各種傳奇，在（一）至（五）的故事中，敘述了神功皇后擁有日本和新羅混合的血統、仲哀天皇駕崩、神功皇后親征新羅、神功皇后得到各樣的神助等歷程，透過這些故事，充分地強調了神功皇后的神性以及征討新羅的必要性與正當性。

## 4 延伸學習

### (1)天之日矛傳說

《古事記》中的〈應神天皇記〉有以下的記載：

又、昔、有新羅国王之子。名、謂天之日矛。是人、参渡来也。所以参渡来者、新羅国有一沼。名、謂阿具奴摩。【自阿下四字以音。】此沼之辺、一賤女、昼寝。於是、日耀、如虹、指其陰上。亦、有一賤夫。思異其状、恒伺其女人之行。故、是女人、自其昼寝時、妊身、生赤玉。爾、其所伺賤夫、乞取其玉、恒裹著腰。此人、営田於山谷之間。故、耕人等之飲食、負一牛而、入山谷之中、遇逢其国主之子、天之日矛。爾、問其人曰、何汝飲食負牛入山谷。汝、必殺食是牛、即捕其人、将入獄囚。其人答曰、吾、非殺牛。唯送田人之食耳。然、猶不赦。爾、解其腰之玉、幣其国主之子。

故、赦其賤夫、将来其玉、置於床辺、即化美麗嬢子。仍婚、為嫡妻。爾、其嬢子、常設種々之珍味、恒食其夫。故、其国主之子、心奢詈妻、其女人言、凡、吾者、非応為汝妻之女。将行吾祖之国、即窃乗小船、逃遁度来、留于難波。【此者、坐難波之比売碁曾社、謂阿加流比売神者也。】

於是、天之日矛、聞其妻遁、乃追渡来、将到難波之間、其渡之神、塞以不入。故、更還、泊多遅摩国。即留其国而、娶多遅摩之俣尾之女、名前津見、生子、多遅摩母呂須玖。此之子、多遅摩斐泥。此之子、多遅摩比那良岐。此之子、多遅麻毛理。次、多遅摩比多訶。次、清日子。【三柱。】此清日子、娶当摩之咩斐、生子、酢鹿之諸男。次、妹菅竈由良度美。【此四字以音。】故、上云多遅摩比多訶、娶其姪、由良度美、生子、葛城之高額比売命。【此者、息長帯比売命之御祖。】故、其天之日矛持渡来物者、玉津宝云而、珠二貫、又、振浪比礼、【比礼二字以音。下効此。】切浪比礼、振風比礼、切風比礼、又、奥津鏡、辺津鏡、并八種也。【此者、伊豆志之八前大神也。】

此故事主要是敘述以前有一位名叫「天之日矛」的新羅王子，渡海來到日本的經歷。

新羅國有一個叫做「阿具奴摩」（阿具奴摩）的水池，有一女子躺在池邊午睡，陽光燦若虹彩地照向女子陰部，有一身分低賤的男子見到此情景來到女子身邊。接著，此女在午睡間懷孕，隨後生下一塊紅玉，男子向她乞討其玉並掛於腰間。該男子原來是在山谷間耕田的農夫，某日牽一頭牛馱著飲食走入山谷時，遇到新羅王子天之日矛，王子懷疑牛的來源而下令逮捕。農夫解釋他並非要吃掉這頭牛，而是運送餐食給山谷間的其他農人。王子依然不信，農夫因此取下腰間的赤玉贈送給王子，才得到釋放。王子將赤玉放在床邊，赤玉化作一個美麗的女子，隨後王子和這位美麗的女子便結了婚。

婚後妻子天天做山珍海味給王子吃，但日漸驕奢的王子卻不時地打罵她，於是妻子便乘著小舟逃到了日本難波（難波）⑳。王子亦隨之追趕而來，不料卻被渡口之神所阻，不得已轉往多遲摩國（多遅摩国）㉑停留，娶了「多遲摩之俣尾」（多遅摩之俣尾）之女，名叫「前津見」（前津見），二人生了許多孩子，神功皇后便為其後裔。王子移居至日本時，身上攜帶著稱之為「玉津寶」（玉津宝）的八種寶物，此八寶物也稱為「伊豆志之八前大神」（伊豆志之八前大神）。㉒

## (2)《肥前國風土記》（松浦郡）釣魚傳說

有關神功皇后的釣魚傳說，《肥前國風土記》（松浦郡）㉓中也有如下的記載：

松浦郡。鄉壹拾壹所。【里廿六。】駅伍所。烽捌所。

昔者、気長足姬尊、欲征伐新羅、行於此郡、而進食於玉嶋小河之側。於茲、皇后、勾針為鉤、飯粒為餌、裳糸為緡、登河中之石、捧鉤祝曰、「朕、欲征伐新羅、求彼財宝。其事成功凱旋者、細鱗之魚、呑朕鉤緡」。既而投鉤、片時、果得其

⑳「難波」現多讀為「なんば」，為現今之大阪市一帶。

㉑即但馬國，現今之兵庫縣北部一帶。

㉒八種寶物分別為珠二貫（たまふたつら）、浪振披風（浪振る〔なみふる〕ひれ）、切浪披風（浪切る〔なみきる〕ひれ）、振風披風（風振る〔かぜふる〕ひれ）、切風披風（風切る〔かぜきる〕ひれ）、奥津鏡（おきつかがみ）、邊津鏡（辺津鏡〔へつかがみ〕）。

㉓文本摘自《風土記》新編日本古典文学全集五（小学館）。

魚。皇后曰、「甚希見物。【希見謂梅豆羅志】」。因曰希見国。今訛謂松浦郡。所以、此国婦女、孟夏四月、常以針釣之年魚。男夫雖釣、不能獲之。

《肥前國風土記》的故事和《日本書紀》第九卷〈神功皇后攝政前紀〉所記載的內容幾乎相同，都是在敘述「松浦」地名的由來。從中也可以看出因神功皇后釣魚（進行以魚占卜）之緣故，使得當地的女性以後每逢四月都有釣魚的習俗，而松浦之地名的由來，也源自於此。

### (3)松浦佐用姬傳說㉔

神功皇后的釣魚傳說之場景為征伐新羅途中所經過的松浦川（松浦川，今日多讀為「まつらがわ」），有關松浦，另有松浦佐用姬（松浦佐用姫）傳說也相當知名。

松浦佐用姬為傳說中的人物，根據《萬葉集》第五卷㉕山上憶良的記載：「松浦潟　佐用姫の兒が　領巾振りし　山名のみや　聞きつつ居らむ」（歌號八六八），據說她在佐賀縣唐津市的鏡山上，與丈夫大伴狹手彥（大伴狹手彥）惜別依依，並不斷向

㉔ 本節內容參考以下文獻：
《風土記》新編日本古典文学全集五（小学館）。
《萬葉集②》新編日本古典文學全集七（小学館）。
松浦佐用姬：《国史大辞典》，https://japanknowledge.com/lib/display/?lid=30010zz449870（西元二〇二四年七月十二日查閱）

㉕ 《萬葉集》第五卷出現了好幾首以松浦佐用姬傳說為素材的和歌，例如山上憶良的和歌（歌號八六八至八七〇）、大伴旅人的和歌（歌號八七一）以及後人追和之歌（歌號八七二至八七五）等。

狹手彥的船揮動領巾（ひれ）來告別。

類似的故事在《肥前國風土記》也看得到。男主角的名字還是大伴狹手彥，但女主角的名字變成了弟日姫子（弟日姫子〔おとひひめこ〕）。這便是有名的《肥前國風土記》「鏡渡」（鏡渡〔かがみのわたり〕）傳說以及「褶振峰」（褶振峰〔ひれふりのみね〕）傳說。其主要內容如下：

在宣化天皇（宣化天皇〔せんかてんのう〕，第二十八代天皇）年間，天皇派遣了大伴狹手彥去鎮壓任那（任那〔みまな〕）㉖、幫助百濟（百済〔くだら〕）㉗，途經松浦郡篠原村，與當地女子弟日姫子成婚。弟日姫子是日下部的始祖，容貌絕美。在出發之日，狹手彥贈送一面鏡子給弟日姫子，弟日姫子在悲傷之際要渡栗川（松浦川）時，不小心讓鏡子沉落河中，因此此地被取名為「鏡渡」。

褶振峰傳說接續鏡渡傳說，敘述在狹手彥要發船前往任那時，弟日姫子登此峰，

---

㉖ 任那，是四世紀到六世紀期間，在朝鮮半島南部興起的一系列小國——伽倻諸國之一的金官國。《日本書紀》中將伽倻整體稱為「伽國」。金官國首次出現在高句麗好太王的碑文中。由於自古以來這裡就是日本與樂浪郡、帶方郡之間交通的重要中繼地，因此在四世紀中期，大和朝廷派遣大軍進駐，並將此地設為佔領舊弁韓地區的軍事據點，設置了「日本府」。然而，隨著五世紀以後日本國內局勢動盪，以及受到高句麗、百濟、新羅的壓力，「日本府」最終於西元五六二年被新羅所滅。關於日本府的記載見於《日本書紀》，但也有學說認為日本府實際上並不存在。《日本国語大辞典》，https://japanknowledge.com/lib/display/?lid=200204097ae0PogRKJ9Z（西元二〇二五年五月八日查閱）

㉗ 百濟，是朝鮮的三國時代位於朝鮮半島西南部的國家。於四世紀初從馬韓興起，但根據傳說，其前身伯濟國的始祖溫祚王是從高句麗遷移而來的扶餘系統。首都是漢山，後來遷至熊津。在任那滅亡之後，與新羅和高句麗展開抗爭。百濟與日本和中國南朝保持友好關係，並將佛教等大陸文化傳入日本。於西元六六〇年被新羅與唐朝的聯合軍所滅。《日本国語大辞典》，https://japanknowledge.com/lib/display/?lid=2002013e24725tFGRHDb（西元二〇二五年五月八日查閱）

**佐賀縣唐津市鏡山，松浦佐用姫石像**

揮動領巾呼喊丈夫狹手彥回來，因此該地被稱為「褶振峰」。與丈夫分別五日後，有一容貌舉止都與狹手彥相似者，每夜前來與弟日姫子共寢。弟日姫子覺得不可思議，便偷偷用麻線繫在該人的衣服，循著麻線而去，最終發現有蛇頭人身睡在山頂的沼邊。該蛇突然化為人形，對弟日姫子說：「妳陪我在這裡睡一晚，我就讓妳回家。」弟日姫子的侍女驚嚇地趕緊跑去告知弟日姫子的親人，隔日眾人到山頂沼邊卻不見蛇和弟日姫子，只見屍骨而已。眾人認為這是弟日姫子的屍骨，便在該山峰的南邊建一墳墓，將其埋葬。

除此之外，室町時代的草子《さよひめ》中也記載了一位有錢人的女兒佐用姫，在家道中落後，被賣給奥州的人口販子，成為池中大蛇的活祭品，但她透過誦讀遺留的《法華經》，讓蛇擺脫痛苦，自己也變得富貴。在奥羽地方的各地，至今仍流傳著類似的傳說，原本她是服侍水神的巫女，後來被認為是獻祭給水神的祭品。

## 5 主要參考文獻（依出版日排列）


- 小島憲之（一九六二～一九六五）《上代日本文学と中国文学─出典論を中心とする比較文学的考察（上）（中）（下）》，東京：塙書房
- 小島憲之等校注・訳（一九九四）《日本書紀①》新編日本古典文学全集二，東京：小学館

- 小島憲之等校注・訳（一九九五）《萬葉集②》新編日本古典文学全集七，東京：小学館
- 植垣節也校注・訳（一九九七）《風土記》新編日本古典文学全集五，東京：小学館
- 山口佳紀・神野志隆光校注・訳（一九九七）《古事記》新編日本古典文学全集一，東京：小学館


## 網路資料


- 神功皇后：《日本国史大辞典》https://japanknowledge.com/lib/display/?lid=30010zz256610（西元二〇二三年六月二日查閱）
- 筑紫：《日本国語大辞典》https://japanknowledge-com.proxyone.lib.nccu.edu.tw:8443/lib/display/?lid=200202d11b66428S3oi2（西元二〇二三年十一月二十八日查閱）
- 祓い：《日本国語大辞典》https://japanknowledge-com.proxyone.lib.nccu.edu.tw:8443/lib/display/?lid=2002037090204uq00g64（西元二〇二三年十一月二十九日查閱）

● 松浦佐用姫：《国史大辞典》
https://japanknowledge.com/lib/display/?lid=30010zz449870（西元二〇二四年七月十二日查閱）

● 肥前国風土記：《国史大辞典》
https://japanknowledge.com/lib/display/?lid=30010zz402600（西元二〇二四年七月十二日查閱）

● 新羅：《日本国語大辞典》
https://japanknowledge.com/lib/display/?lid=2002022b8061V0B487Af（西元二〇二五年五月八日查閱）

● 任那：《日本国語大辞典》
https://japanknowledge.com/lib/display/?lid=20020497ae0PogRKJ9Z（西元二〇二五年五月八日查閱）

● 百濟：《日本国語大辞典》
https://japanknowledge.com/lib/display/?lid=2002013e24725tFGRHDb（西元二〇二五年五月八日查閱）

● 斎宮：《日本国語大辞典》
https://japanknowledge.com/lib/display/?lid=200200447314PJ4sHqBy（西元二〇二五年五月八日查閱）

## 6 延伸學習書單（依出版日排列）

- 桜井満編修（一九七六）《必携　万葉集要覧》，東京：桜風社
- 胡志昂（一九九八）《奈良万葉と中国文学》，東京：笠間書院
- 神野志隆光編（二〇一〇）《万葉集鑑賞事典》，東京：講談社

圖片右側河川為佐賀縣松浦川

# 第五章 〈箸墓傳說〉

## 1 作者與作品簡介

本篇主題〈箸墓傳說〉（箸墓伝説（はしはかでんせつ））出自《日本書紀》（日本書紀（にほんしょき））的第五卷〈崇神天皇紀〉（崇神天皇紀（すうじんてんのうき））。《日本書紀》的相關介紹詳參第四章「作者與作品簡介」。

本故事一開頭寫道「倭迹迹日百襲姬命」（倭迹迹日百襲姫命（やまとととひももそびめのみこと））①為「大物主神」（大物主神（おおものぬしのかみ））②之妻，便可知道此故事為大物主神的神婚故事。古代的人們在大自然的

① 依據《日本書紀①》新編日本古典文学全集二（小学館），頁二五七，頭注二十一所述，「倭迹迹日百襲姬命」的名字中的「倭」指「大和（やまと）」，「迹迹日（ととひ）」為「十十靈（ととひ）＝十乘十＝百靈」，「百襲」表示該人經過上百次神異襲擊之意。

② 依據注一書，頁二七一，頭注二十所述，「大物主神」為偉大魔物之主的神，也就是大物主神是所有魔物的首領，同時祂也是三輪大神。

恩惠與威脅中生活，將自然界的物質和現象本身作為崇拜的對象。基於對自然的崇拜，出現了將野生動物和植物與特定的群體、人物、部族或血緣關係聯繫起來的圖騰主義。以這種圖騰主義為基礎，人類與動物結合的「異類婚姻故事」在各國的神話和民間故事中被廣泛傳承。其中，「蛇婚故事」無論在東方還是西方都非常普及。雖然「蛇」對於人類來說為「異類」，蛇與人類結婚可視為「異類婚姻」（異類婚姻〔いるいこんいん〕），以下簡稱「異類婚」（異類婚〔いるいこん〕），但同時古代人也經常將蛇視為「神」，因此本章所述蛇婚的故事，又可視為「神婚」（神婚〔しんこん〕）故事。

大物主神的神婚故事還有不少，例如：神武天皇皇后誕生的故事中，亦描述了其作為大物主神之女誕生的情節。不過，相較於其他大物主神的神婚故事裡經常強調「神子誕生」（包括「始祖誕生」和「異常誕生」），〈箸墓傳說〉並無關於神子誕生的描述，亦無始祖誕生的內容，反而凸顯了「勿驚」的禁忌、「婚姻的破局」、「巫女之死」等等情節。

## 2 文本

### 原文摘錄

是後倭迹迹日百襲姫命為大物主神之妻。然其神常昼不見、而夜来矣。倭迹迹姫命語夫曰、君常昼不見者、分明不得視其尊顔。願暫留之。明旦仰欲覲美麗之威儀。大神対曰、言理灼然。吾明旦入汝櫛笥而居。願無驚吾形。爰倭迹迹姫命、心裏密異之、待明以見櫛笥、遂有美麗小蛇。其長大如衣紐。則驚之叫啼。時大神有恥忽化人形、謂其妻曰、汝不忍令羞吾。吾還令羞汝。仍践大虚登于御諸山。爰倭迹迹姫命仰見而悔之急居。【急居、此云菟岐于。】則箸撞陰而薨。乃葬於大市。故時人号其墓謂箸墓也。

## 日文摘要

この後に、倭迹迹日百襲姫命（倭迹迹姫命ともいう）は大物主神の妻となった。ところが、その神はいつも昼は現れず、夜にだけ通って来た。倭迹迹姫命は夫に語って、「あなたはいつも昼はお見えにならないので、はっきりとそのお顔を拝見することができません。どうかもうしばらく留まっていてください。あしたの朝、謹んで美しい厳正なお姿を拝見いたしたいです」と言った。大神は答えて、「道理はもっともなことだ。私は、あしたの朝お前の櫛笥に入っていよう。どうか私の姿に驚かないでくれ」と言った。そこで、倭迹迹姫命は心中ひそかに不思議に思い、夜が明けるのを待って櫛笥を見ると、美しい小さな蛇が入っていた。その長さや太さは衣の紐のようであった。とたんに倭迹迹姫命は驚き叫んだ。すると大神は恥を感じてたちまち人の姿に化し、その妻に語って、「お前は我慢できずに驚き叫んで、私に恥をかかせた。私も今度逆にお前に恥をかかせよう」と言った。すると、空を踏んで、御諸山③に登って行った。そこで倭迹迹姫命は、空を去り行く神を仰ぎ見て後悔し、しゃがみこんで陰部が箸で突かれ、死んでしまった。のちに大市に葬られた。そこで、当時の人はその墓を名付けて箸の墓といった。

## 中文摘要

倭迹迹日百襲姫命成為了大物主神之妻，但大物主神卻始終只在夜間出現。適時，倭迹迹姫命對丈夫說：「由於我無法在白天見到您，所以無法拜見您的容顏，是否可以請您稍留片刻，讓我能在明天早上仔細觀看您的容貌。」大物主神回答道：「妳說得有理。那麼我明早會進入妳的梳妝盒（櫛笥），請妳看到我時切勿驚慌。」倭迹迹姫命等到天亮後，果然發現梳妝盒裡有一條如衣帶一樣細長又美麗的小蛇，倭迹迹姫命忍不住驚慌地叫出聲來。這時，大物主神感到非常羞恥，即刻化為人形，對妻子說：「妳忍不住驚叫了出來，讓我蒙羞，那這次換我讓妳蒙羞了。」於是登上御諸山離開了。倭迹迹姫命望著從天空離去的丈夫，感到十分後悔，跌坐在地上時，不小心讓筷子戳入了陰部便死去了。之後，人們將倭迹迹姫命葬在大市，並將墳墓命名為「箸墓」。

③ 依據注一書，頁二八三，頭注二十四所述，御諸山即三輪山，位於現今奈良縣櫻井市。御諸（ミモロ）意指神明降臨的森林。

## 3 作品賞析

### (1)「異類婚」與「禁忌」

在日本上代文學所記載的神話傳說中，若男女有一方具有動物之身體，那麼就神話的大範疇而言，便歸屬於「異類婚」；若異類具有神性時，例如動物神，則該婚姻便可視為「神婚」。本篇主題中的男主角大物主神，如其名，它是偉大的神，同時牠擁有蛇的形體，是可變身成人形的蛇神，因此大物主神與倭迹迹日百襲姬命的婚姻，便可視為神婚。④

本故事中，身為大物主神之妻的倭迹迹日百襲姬命，要求要看丈夫的真身，雖她已答應丈夫看到其真身時不會顯露驚嚇（此處可視為「約定」或「禁忌」），但實際上她在看到蛇身的丈夫時，卻驚慌地大叫（視為「打破禁忌」），這個舉動讓丈夫感到羞辱，隨即變回了人形。在此處有男主角「變身」的這個要素。

在異類婚中「不要看」、「不要驚」、「不要開（盒子）」的「禁忌」與「打破禁忌」，是推進故事發展非常重要的元素，因著約定而產生「禁忌」，又隨著禁忌被打破而造成了婚姻破局，更甚者還會造成夫妻一方的死亡，例如本篇故事中女主角的死亡。

④「異類婚」之相關說明，詳參第七章注十八。

除此之外，妻子企圖揭穿丈夫的真身一事，與「延伸學習」中所列之蛇婚傳說裡用苧麻跟蹤男主角，進而發現其真實身分的情節相當雷同，因此皆屬於「苧環型」[5]的神婚傳說。

### (2)神祕又神聖的梳妝盒

在古代，竹子是最容易取得的點火材料，也經常用來製作髮飾或梳子。因為頭髮即使在人死亡後也不易腐爛，因此被認為有著神聖的力量，而插在頭髮上的梳子被視為神聖的象徵。同樣的，盛裝梳子的梳妝盒也被視為是可以連結人類世界與神的世界的特別場域，具有神聖性和神祕性。因此，在本篇故事中，大物主神於梳妝盒揭露自己的真身。

這樣神祕的梳妝盒在浦島傳說中也出現了，例如《萬葉集》（万葉集）第九卷〈詠水江浦島子歌〉（水江の浦島子を詠む一首并せて短歌）中描寫道：海神的女兒將梳妝盒（玉櫛笥）[6]交給丈夫浦島子，並囑咐千萬不要打開，結果丈夫打破了與妻子的約定，觸犯了「不要開」的禁忌，以致最終神魂消散、衰老而亡。浦島傳說詳參第七章。

---

⑤ 用苧麻線或細線追蹤到男子之真實身分。神婚故事常見的各種類型之相關說明，詳參拙著（二〇一六）〈日本上代文獻における蛇婿入説話のモチーフと特徴〉《台大日本語文研究》第三十一期（臺灣大學日本語文學系），頁六十一至九十。

⑥ 玉櫛笥（たまくしげ），「玉」（たま）為對事物的美稱，「櫛笥」（くしげ）指放置梳子、化妝品等物品的盒子，類似梳妝盒。

這類神祕又神聖的梳妝盒，經常出現於日本古代異類婚的故事中，並常與「禁忌／打破禁忌」的母題有關，值得留意。

### ⑶巫女之死

在故事中，倭迹迹日百襲姬命違反了「勿驚」的禁忌，讓大物主神憤怒而去，自己最終也因筷子戳入陰部後死去。有關筷子戳入陰部而死之描述，《古事記》（古事記）中有記載，因須佐之男命（須佐之男命）大鬧高天原，使得天服織女（天服織女）被梭子戳入陰部而死；《日本書紀》（一書）中也有類似的記載，描述具有巫女的特質、正在製作神衣的稚日女尊（稚日女尊）受到驚嚇，導致被梭子戳傷陰部。

筷子或梭子戳傷陰部而死，是巫女之死的一種重要類型。而筷子或梭子這類長條形物品戳入女性陰部的故事，與本章「延伸學習」中所描述的「丹塗矢」（丹塗矢，紅色的箭）也有相似關係，都是神與巫女結婚故事中的重要媒介，在本篇故事則被當成是與神結婚之巫女死亡的器具。「丹塗矢」的故事詳參「延伸學習」。

### ⑷大物主神

「大物主神」從其名字上來看，是偉大（魔）物之主。在《古事記》中，非常重視大物主神的故事，尤其是其神婚故事。大物主神曾是三輪王朝之祭祀神，是三輪王

奈良縣櫻井市三輪，大神神社（祭神為三輪明神，也就是大物主神）

朝的象徵。而三輪王朝又曾是被河內王朝（天皇家、大和）推翻的政權，所以大物主神可說是大和王權中的舊勢力代表⑦。為了聯合舊勢力，「政治聯姻」是最好的方法。因為透過婚姻關係可以和平地吸收舊勢力，並安撫舊勢力的人心。除此之外，《古事記》中的大物主神也會在某些故事裡被描述成大國主神（大国主神(おおくにぬしのかみ)）的靈魂或分身；在《日本書紀》中，大物主神的形象更為複雜，既與大國主神有緊密的關係，也有被視為獨立神祇的描寫，祂在某些故事中是一位守護神，負責保護土地和人民，並與三輪山（三輪山(みわやま)）有著深厚的

⑦ 大物主神與大和之關聯性，詳參拙著（二〇〇二）〈『古事記』における大物主神伝説〉《台湾日本語文学報》第十七号（台灣日本語文學會），頁二一九至二三一。

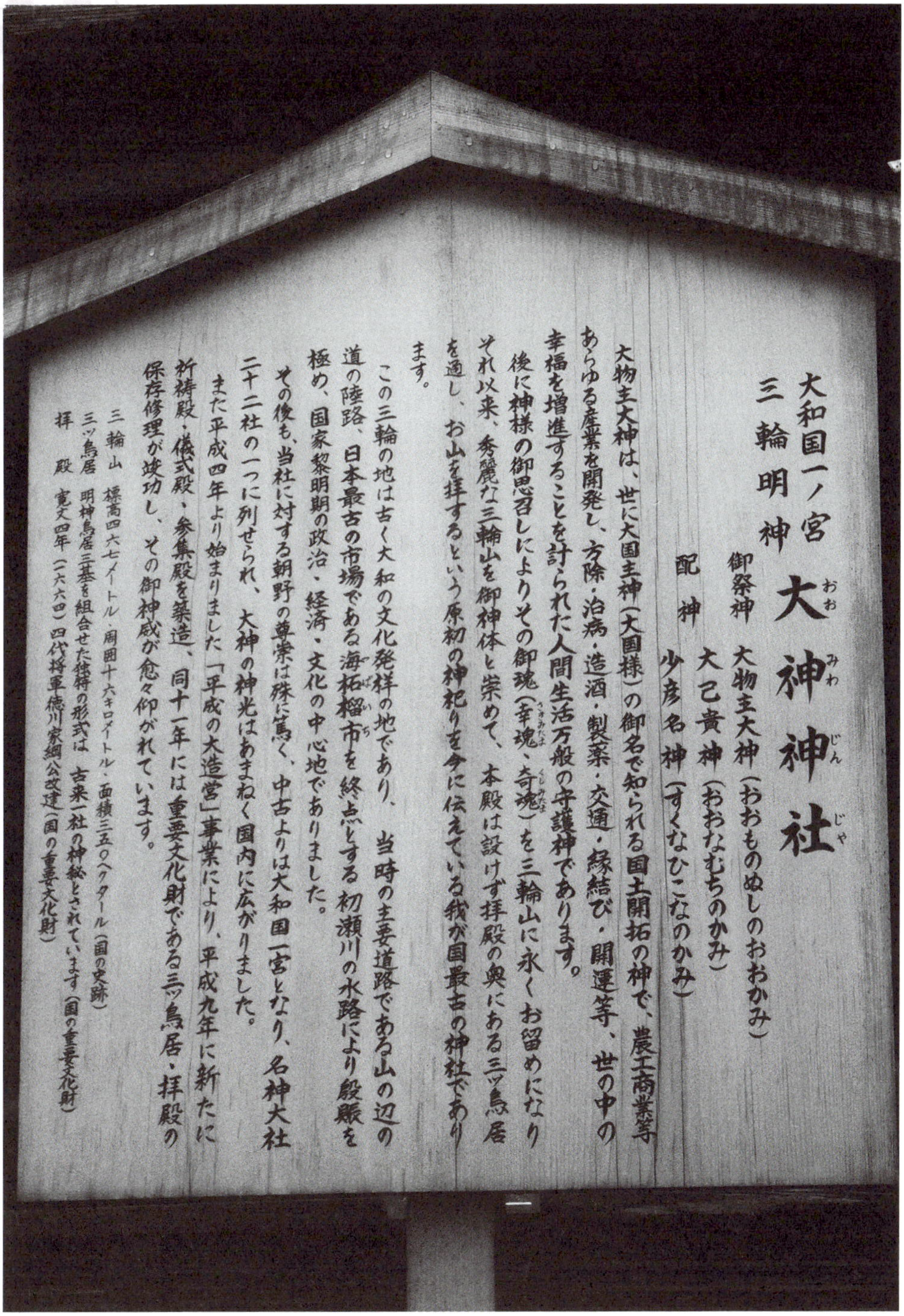
大和国一ノ宮
三輪明神 大神神社
御祭神 大物主大神（おおものぬしのおおかみ）
配神 大己貴神（おおなむちのかみ）
少彦名神（すくなひこなのかみ）
大物主大神は、世に大国主神（大国様）の御名で知られる国土開拓の神で、農工商業等あらゆる産業を開発し、方除・治病・造酒・製薬・交通・縁結び・開運等、世の中の幸福を増進することを計られた人間生活万般の守護神であります。
後に神様の御思召しによりその御魂（幸魂、奇魂）を三輪山に永くお留めになりそれ以来、秀麗な三輪山を御神体と崇めて、本殿は設けず拝殿の奥にある三ツ鳥居を通し、お山を拝するという原初の神祀りを今に伝えている我が国最古の神社であります。
この三輪の地は古く大和の文化発祥の地であり、当時の主要道路である山の辺の道の陸路、日本最古の市場である海柘榴市を終点とする初瀬川の水路により殷賑を極め、国家黎明期の政治・経済・文化の中心地でありました。
その後も、当社に対する朝野の尊崇は殊に篤く、中古よりは大和国一宮となり、名神大社二十二社の一つに列せられ、大神の神光はあまねく国内に広がりました。
また平成四年より始まりました「平成の大造営」事業により、平成九年に新たに祈祷殿・儀式殿・参集殿を築造、同十一年には重要文化財である三ツ鳥居・拝殿の保存修理が竣功し、その御神威が愈々仰がれています。
三輪山 標高四六七メートル・周囲十六キロメートル・面積三五〇ヘクタール（国の史跡）
三ツ鳥居 明神鳥居三基を組合せた独特の形式は 古来一社の神秘とされています（国の重要文化財）
拝殿 寛文四年（一六六四）四代将軍徳川家綱公改建（国の重要文化財）

奈良縣櫻井市三輪，大神神社解說牌

奈良縣櫻井市三輪，大神神社鳥居

淵源，是大神神社（大神神社）[⑧]所祭祀的神明，而三輪山也是古代日本重要的宗教中心。

## 4 延伸學習

日本古代文獻中，記載了許多神婚、異類婚的神話傳說故事，除了本章故事被記載於《日本書紀》，以下列舉《古事記》、《風土記》（風土記）中的幾個知名例子作為延伸學習。

### (1)神武天皇皇后的誕生故事

根據《古事記》〈神武天皇記〉（神武天皇記）記載，初代天皇神武天皇的皇后名為「富登多多良伊須須岐比賣命」（富登多々良伊須々岐比売命），又名「比賣多多良伊須氣余理比賣」（比売多々良伊須気余理比売）。

其父親為大物主神，母親為「勢夜陀多良比賣」（勢夜陀多良比売），勢夜陀多良比賣是「三島湟咋」（三島湟咋）的女兒，容貌相當美麗，大物主神對她一見傾心。為了接近勢夜陀多良比賣，大物主神化為一支丹塗矢，趁她在如廁時，刺入她的陰部。

⑧ 位於現今之奈良縣櫻井市三輪一帶，是日本最古老的神社之一，祭拜大物主神。

勢夜陀多良比賣嚇得逃跑，回到家之後發現那支箭化為美男子，便與男子結婚，生下一個帶有神性的女兒。

由於勢夜陀多良比賣的陰部[9]被箭刺入而倉皇逃跑[10]，其女便繼承母親的陀多良之名，因此名為「富登多多良伊須須岐比賣命」，日後成為日本歷史上初代天皇神武天皇之后。但由於皇后不喜歡這個名字，後來改名為「比賣多多良伊須氣余理比賣」。因故事中的男主角化為丹塗矢接近女主角，所以此類型的神婚故事也被稱為「丹塗矢型」神婚故事。

「丹塗」為紅色，是火的顏色，也是血的顏色；「丹塗矢」是塗著紅色的箭矢，因此比起一般的箭矢更能象徵精力與活力。此外，矢、杖、串、箭等細長物體也象徵著男性生殖器，本故事中出現的是「丹塗矢」，而非一般的矢、杖、串或箭，所以更能象徵著故事主角所擁有的強大生殖力（繁衍子孫之能力）。[11]

⑨ 原文為「富登」，發音為「ふと」，指陰部之意。
⑩ 原文為「伊須須岐」，發音為「いすすき」，指倉皇逃走之意。
⑪ 神武天皇的皇后誕生傳說，詳參拙著（二〇一〇）〈『古事記』中巻に見られる女性―富登多々良伊須々岐比売命、沙本毘売、神功皇后を中心に〉《政大日本研究》第七号（政治大學日本語文學系），頁二十三至五十三。

## ⑵三輪山傳說

還有一篇與上述神武天皇的皇后誕生傳說內容非常相似的故事，被記載於《古事記》〈崇神天皇記〉（崇神天皇記）中。故事梗概如下：有一美女名叫「活玉依毘賣」（活玉依毘売），晚上忽然有美男子闖入她家，兩人互相愛慕，便在夜裡行夫妻之事。不久後，活玉依毘賣懷孕了，在父母逼問之下，她說是一位不知姓名的美男子晚上會到她的房間。父母想找到這個人，便讓活玉依毘賣將穿線的針刺在男人的衣服上。隔日早上，她發現鉤住衣服的細線穿過門上的鑰匙孔，於是她便循著線去尋找，一路跟著線走到美和（美和）山的神社，才發現每夜來找她的那個男人是位神明。

美和山即是三輪山，美和山的神明可視為三輪山神——大物主神。也就是說，〈崇神天皇記〉中的男子和神武天皇皇后的誕生傳說中所出現的男子，以及本章〈箸墓傳說〉中的倭迹迹日百襲姬命的丈夫，都是指大物主神。活玉依毘賣的後裔為「意富多多泥古命」（意富多多泥古命），是神君、鴨君的始祖。從上述內容可以看出這個故事裡具有夜來者（夜間來訪之人）、異類婚、神婚、神子誕生、始祖誕生、揭穿神明身分、地名來源等豐富的母題。

除此之外，活玉依毘賣在夜間將細線鉤在來訪的大物主神身上，隔日早上便發現細線穿過鑰匙孔，從這裡也可以推測此處的大物主神與〈箸墓傳說〉的大物主神一樣，擁有蛇身，具有細長的身體，因此可以穿越鑰匙孔。值得一提的是，蛇蜿蜒行走的模樣如同河川，而當蛇蜷曲成一團的時候卻又像一座山。因此，蛇神不只具有蛇神的性格，在神話的世界裡，祂同時也是水神、山神，並且其蜿蜒模樣也與雷的形狀相仿，雷又與雨（水）有關，所以蛇神也具有雷神的性格。

### ⑶賀茂社的故事

賀茂社的故事出自《山城國風土記逸文》（山城国風土記逸文（やましろのくにふどきいつぶん）），內容如下：「賀茂建角身命」（賀茂建角身命（かものたけつぬみのみこと））的女兒「玉依日賣」（玉依日売（たまよりひめ））在河邊玩的時候撿到一支丹塗矢，把它撿回家之後，玉依日賣便懷孕了。生下的孩子成年之後，他的外祖父賀茂建角身命為他蓋了一棟房子，在裡頭舉辦了七日七夜的盛宴，並對孩子說：「把酒獻給你的父親吧。」這時，孩子將酒杯舉向天空，然後穿透了屋頂升天，前往其父親「火雷命」（火雷命（ほのいかづちのみこと））那裡，並以外祖父賀茂建角身命的名字取名為「賀茂別雷命」（賀茂別雷命（かものわけいかづちのみこと））。「別雷」在當地意為年輕的雷神，表示他是火雷命的子神。而在古代的神話中，雷神經常和蛇有所關聯，在《日本書紀》、《日本靈異記》⑫和《法華驗記》⑬，以及中國的《太平廣記》都有相關記載，這則故事中的雷神也同樣具有蛇

---

⑫《日本國現報善惡靈異記》（日本国現報善悪霊異記（にほんこくげんほうぜんあくりょういき））是日本最古老的說話集，撰寫於平安時代初期，通常簡稱為《日本靈異記》（日本霊異記（にほんりょういき））。作者是景戒，共分為上、中、下三卷，以變體漢文書寫。

⑬《大日本國法華驗記》（大日本国法華験記（だいにほんこくほっけげんき））是平安時代中期的佛教說話集，通稱《法華驗記》（法華験記（ほっけげんき））。作者是比叡山的僧侶鎮源（生平傳記不詳）。全書共分上、中、下三卷。

神的形象。

另一方面，玉依日賣的名字是常見的巫女名字（意為神靈依附的女性）。玉依日賣在河邊「遊玩」（アソブ）的這件事，原也是指祭祀活動中的舞蹈、音樂等⑭，玉依日賣其實是在河邊祭祀時撿到丹塗矢，而此丹塗矢為神之化身，此篇故事為「丹塗矢型」的神婚故事。其中包含了名稱由來的說明、揭穿神明身分、神子誕生等母題。

## (4)晡時臥山

《常陸國風土記》（常陸国風土記〔ひたちのくにふどき〕）中記載著以下的故事。在晡時臥山（晡時臥山〔くれふしのやま〕）的附近，住著「努賀毘古」（努賀毘古〔ぬかびこ〕）、「努賀毘咩」（努賀毘咩〔ぬかびめ〕）兄妹。有一個不知名的男性夜晚造訪努賀毘咩的住處，並和她生下了一條小蛇。努賀毘咩以潔淨的容器供奉祭品後，小蛇只用一個晚上就長到了和容器一樣的大小，努賀毘咩由此確信小蛇是神子，而不知名的男性為神明。小蛇要求有侍從，但被母親拒絕，因此憤而殺害了伯父努賀毘古並打算升天，卻被努賀毘咩扔出的甕打中，以至於只能留在晡時臥山。而曾裝過這條小蛇的甕現在仍保存在片岡村，由子孫代代供奉。

⑭ 有關「アソブ」之語義，詳參上代語辞典編修委員会編（一九六七）《時代別大辞典（上代編）》（三省堂）。

## 5 豆豆小知識——箸墓古墳（箸墓古墳〔はしはかこふん〕）⑮

「箸墓古墳」，亦稱為「箸中山古墳」（箸中山古墳〔はしなかやまこふん〕），是位於奈良縣櫻井市的「前方後圓墳」。根據《日本書紀》〈崇神天皇紀〉的記載，三輪山的大物主神之妻倭迹迹日百襲姬命之墓（箸墓），白天由人所建，夜晚則由神所建，是人民合力將大坂山（位於大和與河內之國交界處、二上山附近）的石頭以手傳遞接力運來所建成的。如今，學界普遍認為，位於櫻井市箸中地區的箸中山古墳，正是此傳說所指之古墳。

這是一座建於平地上的前方後圓墳，其後圓部直徑一五六公尺、高二十五公尺，前方部寬一二五公尺、高十五公尺，墳丘總長二七三公尺。後圓部為五層構造，前方部則沒有明顯的層次，其前端呈撥形展開，兩側線與前端線皆呈弧形。墳丘上散布著特殊壺形的埴輪（陶製陪葬品）等碎片，使得這座古墳被認為是古墳時代開端的標誌性存在（推測判定建於西元三世紀中葉左右），是當時畿內地區最高統治者的陵墓，也是一座相當醒目的巨大古墳。

⑮ 相關資料詳參《日本大百科全書》，https://japanknowledge.com/lib/display/?lid=1001000183213（西元二〇二五年五月十二日查閱）

## 6 主要參考文獻（依出版日排列）


- 上代語辞典編修委員会編（一九六七）《時代別大辞典（上代編）》，東京：三省堂
- 小島憲之等校注・訳（一九九四）《日本書紀①》新編日本古典文学全集二，東京：小学館
- 鄭家瑜（二〇〇二）〈『古事記』における大物主神伝説〉《台湾日本語文学報》第十七号，臺灣：台灣日本語文學會
- 鄭家瑜（二〇一〇）〈『古事記』中巻に見られる女性―富登多々良伊須々岐比売命、沙本毘売、神功皇后を中心に〉《政大日本研究》第七号，台北：政治大學日本語文學系
- 鄭家瑜（二〇一六）〈日本上代文獻における蛇婿入説話のモチーフと特徴〉《台大日本語文研究》第三十二期，台北：臺灣大學日本語文學系

## 網路資料

- 箸墓：《日本大百科全書》https://japanknowledge.com/lib/display/?lid=1001000183213（西元二〇二五年五月十二日查閱）

## 7 延伸學習書單（依出版日排列）


- 関敬吾（一九七八）《本格昔話（一）》日本昔話大成第二巻，東京：角川書店
- 中村とも子・弓良久美子・間宮史子（一九八七）〈異類婚姻譚に登場する動物――動物婿と動物嫁の場合――〉《口承文芸研究》第十号，日本：日本口承文芸学会
- 西郷信綱（一九九七）〈三輪山神話の構造――蛇身の意味を問う〉《思想》八七三，東京：岩波書店
- 吉野裕子（一九九九）《蛇――日本の蛇信仰》，東京：講談社
- 吉野裕子（二〇〇三）《山の神――易・五行と日本の原始蛇信仰》，東京：講談社
- 丸山顕徳（二〇一二）《口承神話伝説の諸相》，東京：勉誠出版

# 第六章 〈雄略天皇歌〉

## 1 作者與作品簡介

本章所節錄的〈雄略天皇歌〉（雄略天皇歌／雄略天皇の歌）為《萬葉集》（万葉集）第一卷的第一首歌。

《萬葉集》是日本現存最古老的和歌集，其成立年代、編撰目的、編撰者以及書名「萬葉」之由來等等，目前都尚未有定論。全書共二十卷，約四五〇〇首和歌，主要收錄舒明天皇（舒明天皇，第三十四代天皇）時代至淳仁天皇（淳仁天皇，第四十七代天皇）天平寶字三年約一三〇年間的詩歌，其中約半數詩歌的作者不明。該

書歷經多位編者之手，其最後的編者為大伴家持（大伴家持(おおとものやかもち)）[①]的可能性相當高，但在延曆四年（西元七八五年）大伴家持去世後卻仍有修改、修補之痕跡，因此仍有一些未明之處。

《萬葉集》書名中的「萬葉」，主要有兩種解釋，一是「万(よろづ)の言(こと)の葉(は)」（很多的歌）之意，二是「万代(ばんだい)」、「万世(ばんせい)」（長久的歲月、永遠）之意[②]。書中內容大致分為「雜歌」、「相聞歌」、「挽歌」三大類，而和歌的型態大致分有「短歌」（主要由五・七・五・七・七等五句所構成，約四二〇〇首）、「長歌」（主要由五音・七音的反覆，最後加上七音所構成，約二六五首）、「旋頭歌」（主要由五・七・七・五・七・七等六句所構成，約六十一首），其餘還有少數的佛足石歌（主要由五・七・五・七・七・七等六句所構成）等。

根據歷史時代分期，《萬葉集》的作者主要可分為以下四期。第一期從舒明天皇即位（西元六二九年）到壬申之亂[③]（西元六七二年）為止，主要作者為有間皇子（有(あり)間皇子(まのみこ)）、額田王（額田王(ぬかたのおおきみ)）等；第二期從壬申之亂到遷都奈良（西元七一〇年）

① 依據小島憲之等校注・訳（一九九五）《萬葉集①》新編日本古典文学全集六（小学館），頁四六一，寫道：大伴家持為大伴旅人之長男，天平十年（西元七三八年）左右擔任內舍人（うどねり），歷任越中守、因幡守等地方長官，歿於延曆四年（西元七八五年），享年六十八歲。《萬葉集》中收錄大伴旅人的作品共有長歌四十六首、短歌四三二首、旋頭歌一首，其數量為《萬葉集》中的歌人之最。在《萬葉集》的編者中，大伴家持也是核心人物。

② 注一書，頁三八五。

③ 「壬申之亂」，詳參序章注四。

為止，主要作者為柿本人麻呂（柿本人麻呂）；第三期為遷都奈良到天平五年（西元七三三年），即奈良時代前半期，主要作者為山上憶良（山上憶良）、山部赤人（山部赤人）、大伴旅人（大伴旅人）、高橋虫麻呂（高橋虫麻呂）；第四期為天平六年到天平寶字三年（西元七五九年），即奈良時代後半期，主要作者為大伴家持、大伴坂上郎女（大伴坂上郎女）等。《萬葉集》最大的特點就是作品來源十分廣泛，不問出身，不分階層，而只看作品的內容與品質來決定是否收錄。因此不僅有皇族、貴族、官僚群體的作品入選，還收集了很多像農民、士兵等一般民眾的作品。

《萬葉集》除了部分的漢文序之外，和歌主要採用「萬葉假名」（万葉仮名）④進行表記。《萬葉集》中所記載的歌謠，繼承前代「記紀歌謠」（《古事記》〔古事記〕、《日本書紀》〔日本書紀〕中之歌謠的合稱）許多的特徵。由於萬葉歌（《萬葉集》中和歌的總稱）的發展和記紀歌謠息息相關，萬葉歌對記紀歌謠的繼承與變革，體現了日本上代歌謠的發展脈絡。除此之外，《萬葉集》所收錄的詩歌，也是考察日本原始思考模式、生活型態、文化形成等等方面的一級資料，這些資料被廣泛地應用在日本的歷史、民俗、考古以及文學等各個領域。同時，其在文學史上的意義相當於中國之《詩經》，具有重要的位置。

④「萬葉假名」相關資料，詳參序章。

本章節錄之〈雄略天皇歌〉屬於「雜歌」類歌謠，從題詞⑤中可得知其作者（歌人「歌人」）為大泊瀨稚武天皇（大泊瀨稚武天皇），即日本第二十一代天皇雄略天皇⑥。依據《日本書紀》〈雄略天皇紀〉（雄略天皇紀）之記載，雄略天皇是允恭天皇（允恭天皇）的第五子，母親是忍坂大中姬命（忍坂大中姬命）。當他的兄長安康天皇（安康天皇）被眉輪王（眉輪王）暗殺後，他隨後殺了眉輪王，也殺死了哥哥黑彥皇子（黑彥皇子）、白彥皇子（白彥皇子）以及其他具有皇位繼承身分的兄弟，並於泊瀨朝倉宮（泊瀨朝倉宮，位於現今之奈良縣櫻井市）登基。《古事記》中還記載著某日雄略天皇在葛城⑦遇見「一言主神」（一言主神，《日本書紀》表記為「一事主神」，內容詳參「延伸學習」）的故事，以及許多有關雄略天皇的求婚傳說。

另外，《日本書紀》記載他不但征服了吉備氏（吉備氏）⑧、向朝鮮出兵，更派遣使者至中國南朝。根據中國方面的史料，所謂「倭五王」⑨中的最後一位王稱為「武」

⑤ 指詩歌之標題或是作歌動機、作歌背景之說明。

⑥ 《日本書紀》將雄略天皇記載為第二十一代「大泊瀨幼武天皇」（おおはつせわかたけるのすめらみこと），而《古事記》中則為「大長谷若建命」（おおはつせのわかたけるのみこと）。

⑦ 詳參第三章注十六。

⑧ 詳參第三章注十。

⑨ 所謂的倭五王，為日本五世紀時與中國南朝進行過交涉的五位日本統治者，中國將日本稱為倭國，因此記錄為倭五王。《宋書》和《南史》中記載為「讚・珍・濟・興・武」，而《梁書》則記載為「讚・彌・濟・興・武」。有些人將「珍」和「彌」視為不同的人，認為倭國有六位國王。倭五王相關資料詳參以下文獻：《日本大百科全書》，https://japanknowledge.com/lib/display/?kw=%E5%80%AD%E3%81%AE%E4%BA%94%E7%8E%8B&lid=1001000244044（西元二〇二四年八月二十五日查閱）、《日本国語大辞典》，https://

（武（たけし）），指的就是雄略天皇。此外，在埼玉縣稻荷山古墳的鐵劍上刻有銘文「獲加多支鹵大王」（獲加多支鹵大王（わかたけるだいおう）／獲加多支鹵大王（わかたけるのおおきみ））中的「ワカタケル」，亦是指雄略天皇。另一方面，熊本縣船山古墳的太刀銘被推測是五世紀後半雄略時代的物品，由此可知當時中央的勢力範圍，已經大到北至關東，南至九州了。雄略朝可說是日本古代的一個重要時期⑩。

## 2 文本

### 原文摘錄

雜歌

泊瀨朝倉宮御宇天皇代　大泊瀨稚武天皇

天皇御製歌

籠毛与　美籠母乳　布久思毛与　美夫君志持　此岳尓　菜採須兒　家告閑　名告紗

japanknowledge.com/lib/display/?kw=%E5%80%AD%E3%81%AE%E4%BA%94%E7%8E%8B&lid=2002047cade2xdmm950C（西元二〇二四年八月二十五日查閱）

⑩ 本段有關雄略天皇的說明，詳參《国史大辞典》，https://japanknowledge.com/lib/display/?lid=30010zz488150（西元二〇二四年一月三十日查閱）

根　虛見津　山跡乃国者　押奈戸手　吾許曾居　師吉名倍手　吾己曾座　我許背歯告目　家呼毛名雄母（卷一：一）

〔読み下し文〕⑪

泊瀬朝倉宮に天の下治めたまひし天皇の代　大泊瀬稚武天皇

天皇の御製歌⑫

籠もよ　み籠持ち　ふくし⑬もよ　みぶくし持ち　この岡に　菜摘ます児　家⑭告らせ　名告らさね　そらみつ⑮　大和の国は　おしなべて⑯　我こそ居れ　しきなべて⑰　我こそいませ　我こそば⑱　告らめ　家をも名をも⑲（卷一：一）

⑪指將原本以漢字或漢文撰寫的文章，依照日語的語法與語序重新編排，並以假名標示其讀音。詳參凡例注一。
⑫天皇所作之歌，稱之為「御製歌」。
⑬挖掘根莖類蔬菜用的鏟子。
⑭依照《萬葉集①》新編日本古典文学全集六（小学館），頁二八八至二八九，頭注四，此處的「家」指家族、血統之意，在此表示家系、身分。
⑮為「大和」之枕詞，枕詞主要用以修飾後方詞句。
⑯動詞「おしなぶ」為壓倒之意，在此表示天皇權威之盛。
⑰動詞「しきなぶ」，在此為統治之意。
⑱こそば是コソ十ハ的連濁形（複合詞後一部分的詞首清音會變成濁音，在此指「は」轉變為「ば」之讀音）。
⑲此歌中，「治（をさ）めたまひし」讀作「おさめたまいし」，「岡（をか）」讀作「おか」，「居（を）れ」讀作「おれ」，「家（いへ）」讀作「いえ」。

## 日文摘要

籠も　良い籠を持ち　ふくしも　良いふくしを持ち　この岡で　菜をお摘みになる少女よ　ご身分をお教えにせよ、お名前もお明かしにせよ（そらみつ）　この大和は　すべて　わたしが統治している所で　この国は隅々まで　わたしが管理している所だ　わたしの方こそ　告げてくだされ　ご身分もお名前も

## 中文摘要

籠子！拿著好籠子！鏟子！拿著好鏟子！在高崗上採山菜的少女啊！請告訴我妳的身分，也請告訴我妳的名字。這個大和國，每一個角落都是我統治的地方，我管理著這個國家的每一吋土地。請妳告訴我，妳的身分和名字！

## 3 作品賞析

此作品主要描述雄略天皇登上山崗，遇到了採山菜之女，便問她的名字、住家，同時也宣告自己是這土地的王者。

在古代日本，人們相信名字或是言語之中蘊含著靈力，名字中更內含著靈魂，這

種信仰被稱之為「言靈信仰」（言霊信仰（ことだましんこう）），透露自己的名字相當於是將自己的靈魂與身分交付給對方，所以報上家名可說是極為隱密之事，尤其是女性，應該避免透露真實姓名給他人。「詢問對方名字」[20]不單單只是問名字而已，而是有著向對方求婚之意。男性在求婚時，首先要自報家名，然後才問對方女子的姓名，如果該女子透露了自己的名字，兩人隨即就會進入結婚的步驟。有關「言靈信仰」，詳參「延伸學習」。

雄略天皇在此宣告這土地全由他統治，此點具有宣示主權（王權）之意，這首和歌也是宣示主權（王權）之歌。此歌被記載在《萬葉集》的首卷（卷一：歌號一），從此點也可以一窺《萬葉集》的政治意涵。《萬葉集》一開始的幾首和歌分別為雄略天皇、舒明天皇等所作。

君王站在山崗等高處眺望，讚美國土，預祝豐收和繁榮的儀式，是一種國家支配者強化統治權的儀式之一。此歌中描述雄略天皇登上高崗的舉措，可視為君王的「國見」[21]儀式，此歌可謂為「國見歌」。而接續此歌的《萬葉集》第二首〈舒明天皇御製歌〉（舒明天皇（じょめいてんのう）の御製歌（おおみうた）），則是舒明天皇登上香具山眺望國土的國見歌。

古代日本人深深相信言語之中蘊含著靈魂與神祕力量，若用好的言詞讚美對方，那麼對方就會得到祝福；若讚美國土，國土亦將得到祝福。反之，若詛咒人，則言語

⑳ 有關「名字的意義」，詳參桜井満編修（一九七六）《必携　万葉集要覧》（桜楓社）。

㉑「國見」之相關說明，詳參第三章「延伸學習」。

中的神祕力量也會作用於被詛咒的對象。因此，要特別留意言語的使用。不論是「詢問對方名字」或是「國見歌」，其實都與日本古代的「言靈信仰」密不可分。

## 4 延伸學習

### ⑴言靈信仰

所謂的「言靈」㉒，是指存在於言語中的靈魂或靈力。人們相信言語中蘊含著靈力，這樣的信仰在未開化的民族和古代民族中普遍存在，稱之為「言靈信仰」。在《萬葉集》第五卷歌號八九四中寫道：「神代より　言ひ伝て来らく　そらみつ　大和の国は　皇神の　厳しき国　言霊の幸はふ国と　語り継ぎ　言ひ継がひけり」（作者為山上憶良，原文用萬葉假名表記），以及《萬葉集》第十三卷歌號三二五四中寫道：「磯城島の　大和の国は　言霊の　助くる国ぞ　ま幸くありこそ」㉓。其中的「幸はふ国」意指靈魂展現力量的情況，由此可看出這兩首萬葉歌都在敘述大和國是言語之力帶來祝福的國家。

㉒ 有關「言靈」相關資料，詳參《国史大辞典》，https://japanknowledge.com/lib/display/?lid=30010zz190860（西元二〇二五年二月十九日查閱）

㉓ 出自《柿本朝臣人麻呂歌集》（かきのもとのあそんひとまろかしゅう），原文用萬葉假名表記。

奈良縣御所市，葛城一言主神社

奈良縣御所市，葛城一言主神社境內的歌碑（內容主要歌詠葛城襲津彥的勇武，並說明葛城兩大信仰為一言主神信仰以及葛城襲津彥信仰）

在《古事記》中，敘述雄略天皇於葛城山（葛城山（かづらきのやま））狩獵時，一行官員皆著紅繩綁綠衣。此時，他看到對面山稜上竟有一隊裝扮完全相同的人。天皇便命人詢問其身分：「倭國中除我之外無君，這些人是誰？」對方以嚴肅口吻回應，語氣如同皇命。天皇極為惱怒，下令射箭，眾官皆照做。當追問名字時，對方回答：「既你先問，我先告之。我是無論好事或壞事，皆以一句話決定的葛城的一言主大神。」天皇聽了大為害怕，完全臣服於一言主大神的神威，不但獻上弓箭，還讓官吏脫下衣服，全部獻給一言主神。大神欣然接受了這些貢品，然後就目送天皇一行人離去，從此神威為大家所知。《日本書紀》中稱其為「一事主神」，內容敘述以及場景與《古事記》大同小異，但該書中敘述天皇與一事主神在山中一同狩獵，雙方地位較《古事記》的描述稍顯平等。

如同上述，言語帶有靈魂或靈力，因此能發揮出極大的能力，因此不管是祝福或咒詛，都令人敬畏。然而，「言靈」原本就是指神所發出的言辭或咒語，憑藉神的威力使言語產生效用，只是伴隨著人們對神之言語意識的淡化，而逐漸開始信仰言語本身所具有的靈力。

### ⑵和歌與漢詩

「和歌」與「漢詩」是日本文學中的兩大詩歌形式，所謂的「和」，是與「漢」相對的概念，它們在歷史上具有不同的起源與特點，同時也存在著一定的聯繫與相互

奈良縣御所市，葛城一言主神社境內的歌碑（歌詠葛城襲津彥）

影響。「和歌」是一種源於日本古代的詩歌形式，其特點是使用日語，並且有固定的格式，如五行七言（五七三）和七行七言（七七三）等。和歌在平安時代達到高峰，《萬葉集》和以《古今和歌集》（古今和歌集）為首的「八代集」（八代集）㉔，為日本和歌之代表作品。

而漢詩則是指模仿中國古典詩歌風格的日本詩歌，主要使用文言文，並且遵循中國詩歌的格式，如五言、七言等。漢詩在日本的文人層中非常流行，尤其是在鎌倉時代（鎌倉時代）㉕。

在日本文學史上，和歌與漢詩並非獨自存在。有些和歌作品被翻譯成漢詩形式，漢詩的詩人也會創作和歌，這種交流促進了日本文學的多元發展，例如，在《新撰萬葉集》（新撰万葉集）中，和歌與漢詩的詩句相互對應，展現了兩種詩歌形式的結合。㉖

㉔ 從平安時代到室町時代一共進行了二十一次的敕撰和歌集（（ちょくせんわかしゅう），指由天皇或太上天皇下敕命編輯的和歌集）。其中，前八本，被稱為「八代集」，相當知名。分別為《古今和歌集》、《後撰和歌集》（ごせんわかしゅう）、《拾遺和歌集》（しゅういわかしゅう）、《後拾遺和歌集》（ごしゅういわかしゅう）、《金葉和歌集》（きんようわかしゅう）、《詞花和歌集》（しかわかしゅう）、《千載和歌集》（せんざいわかしゅう）、《新古今和歌集》（しんこきんわかしゅう）。

㉕ 約為十二世紀末至元弘三年（西元一三三三年）的期間。

㉖ 有關和歌與漢詩之關聯性，詳參山本真由子（二〇一九）〈和歌と漢詩・平安朝における実例をめぐって〉《日本文学を世界文学として読む》，頁四十四至六十。

## 5 豆豆小知識——《神隱少女》（千と千尋の神隠し）

《神隱少女》是由吉卜力工作室製作、宮崎駿擔任導演和劇本的一部日本動畫電影，於二〇〇一年七月二十日上映。該片講述了十歲小女孩荻野千尋與家人誤闖神靈世界的故事，並展現了她在這個奇幻世界中的成長與努力回到人類世界的旅程。影片中的主要角色包括荻野千尋、白龍、無臉男、湯婆婆、鍋爐爺爺等等。

故事中有一幕是白龍交代千尋：「勿忘自己的名字，忘了就無法回到原來的世界」，同時白龍也告訴千尋，務必跟湯婆婆說：「請讓我在這裡工作，我想工作。因為湯婆婆親口說過不會將想要工作的人趕出去。」從這裡也可以看出名字以及話語的重要性，凡說過的話，都有效力；名字中也包含著話語的力量。

此外，湯婆婆對千尋說：「請在工作契約書上簽名」。隨後便沒收了「荻」、「原」、「尋」三個字，因此荻野千尋的名字便只剩下了「千」一字。名字的變化，也意味著身分的變化，在湯婆婆的世界中，荻野千尋以「千」的身分活了下來。同樣地，白龍因為想要學習魔法，早已投入湯婆婆的手下，因而忘記自己原本的名字，直到小千對白龍說：「你的名字叫琥珀川」，白龍才想起自己的名字叫做「賑早見琥珀川」（賑早見琥珀川），他因此找回了起初的身分和記憶。

從這部電影中可以知道，在日本，名字、話語、身分與言靈信仰之間密不可分的關聯性。

## 6 主要參考文獻（依出版日排列）


- 桜井満編修（一九七六）《必携　万葉集要覧》，東京：桜楓社
- 小島憲之等校注・訳（一九九五）《萬葉集①》新編日本古典文学全集六，東京：小学館
- 山本真由子（二〇一九）〈和歌と漢詩：平安朝における実例をめぐって〉《日本文学を世界文学として読む》，大阪：大阪市立大学大学院文学研究科都市文化研究センター


### 網路資料


- 雄略天皇：《国史大辞典》https://japanknowledge.com/lib/display/?lid=30010zz488150（西元二〇二四年一月三十日查閱）
- 万葉仮名：《国史大辞典》https://japanknowledge.com/lib/display/?kw=%E4%B8%87%E8%91%89%E4%BB%AE%E5%90%8D&lid=30010zz452610（西元二〇二四年七月八日查閱）

● 倭の五王：

《日本大百科全書》

https://japanknowledge.com/lib/display/?kw=%E5%80%AD%E3%81%AE%E4%BA%94%E7%8E%8B&lid=1001000244044（西元二〇二四年八月二十五日查閱）

《日本国語大辭典》

https://japanknowledge.com/lib/display/?kw=%E5%80%AD%E3%81%AE%E4%BA%94%E7%8E%8B&lid=2002047cade2xdmm95OC（西元二〇二四年八月二十五日查閱）

● 言霊：《国史大辭典》

https://japanknowledge.com/lib/display/?lid=30010zz190860（西元二〇二五年二月十九日查閱）

# 第七章 〈詠水江浦島子歌〉

## 1 作者與作品簡介

本章所摘選的作品〈詠水江浦島子歌〉（水江の浦島子を詠む一首并せて短歌），收錄於《萬葉集》（万葉集）第九卷，內容出自《高橋虫麻呂歌集》（高橋虫麻呂歌集），其作者被認為是歌人（歌人）①高橋虫麻呂（高橋虫麻呂）。〈詠水江浦島子歌〉由「長歌」一首（歌號一七四〇）及「短歌」一首（歌號一七四一）所組成，是高橋虫麻呂以「浦島傳說」（浦島伝説）為素材所作之和歌。

《萬葉集》全書共四五〇〇多首和歌，和歌類型大致分有「短歌」、「長歌」、「旋

① 指作歌之人、作者。

頭歌」以及少數的「佛足石歌」等②。其中，「長歌」有一特殊性質，便是運用句數較多的優勢，以「歌」來敘述「傳說」，此類型的和歌被稱之為「傳說歌」③。除此之外，也有由幾首短歌合併成一個歌群，再加上序文、或是左注④等來陳述或詠嘆某個傳說，此類型的和歌亦屬於「傳說歌」的範疇。本章主題〈詠水江浦島子歌〉屬於前者，是以「長歌」的方式，來敘述浦島傳說。

浦島傳說流傳甚廣，在《日本書紀》（日本書紀（にほんしょき））⑤、《萬葉集》、《風土記》（風土記（ふどき））⑥、《續日本紀》（続日本紀（しょくにほんぎ））⑦以及《御伽草子》（御伽草子（おとぎぞうし））⑧等書籍中皆有記載。《日本書紀》雄略天皇二十二年條所記載的浦島傳說，是日本最早的紀錄。其內容寫道：

> 秋七月、丹波国余社郡管川人水江浦嶋子、乗舟而釣、遂得大亀。便化為女。於是浦嶋子感以為婦、相逐入海、到蓬莱山、歴覩仙衆。語在別卷。

---

② 《萬葉集》的表記方式、主要歌人、分期以及文學史中之定位，詳參第六章「作者與作品簡介」。

③ 詳參稲岡耕二編（一九八一年第二版）《万葉集必携一》（學燈社），頁一八〇。

④ 指那些寫在和歌左側之注釋或說明文。

⑤ 《日本書紀》是日本第一本正史，西元七二〇年成書。相關介紹，詳參第四章「作者與作品簡介」。

⑥ 《風土記》是中央下令各地方編撰的地方志，成書過程詳參第八章「作者與作品簡介」。

⑦ 《續日本紀》是繼《日本書紀》之後的敕撰正史。全書共四十卷，記載自文武天皇元年（西元六九七年）至桓武天皇延曆十年（西元七九一年）為止，共九十五年間的史事，大致以編年體形式編纂而成。

⑧ 《御伽草子》是室町時代（約為十四世紀前期至十五世紀後期）至江戶時代初期（十六世紀初期）所編撰的短編故事集，代表作品有〈一寸法師〉（いっすんぼうし）等。

故事主要描述在雄略天皇二十二年時，有一位住在丹波國（丹波国）⑨，名叫水江浦嶋子（水江浦嶋子）的男子，出海釣魚時釣得大龜，該大龜幻化成女子，兩人遂結婚，並雙雙入海去「蓬萊山」，並見到眾仙人。

《日本書紀》的記載相當簡略，最後更寫道：「語在別卷」，此「別卷」被認為是伊預部馬養（伊預部馬養）⑩所編寫的浦島傳說，伊預部馬養版的浦島傳說現已無存。但《丹後國風土記逸文》（丹後国風土記逸文）的浦島傳說中寫道：其內容與伊預部馬養版的浦島傳說無異，因此被認為是以馬養版為基礎所創作出來的作品。同時，相較於《日本書紀》版本的浦島傳說，《風土記》浦島傳說的情節和人物描寫更加詳細、生動，故事結構也更為完整，可說是上代浦島傳說諸文本中較為完善、易懂的版本。除此之外，《御伽草子》的浦島傳說也相當有名，並且也是浦島傳說重要的轉捩點。因此，本章將《丹後國風土記逸文》和《御伽草子》所收錄之浦島傳說，以中文摘要的方式列為延伸學習以供參考，詳參「延伸學習」。

本章主題《萬葉集》〈詠水江浦島子歌〉，其作者高橋虫麻呂是奈良時代（奈良時代）⑪的著名歌人，其出生年份不詳。虫麻呂的作品主要收錄於《萬葉集》，共有三十四首和歌，包括長歌十三首、短歌二十首、旋頭歌一首。其作品經常描繪地區的

⑨ 現今之京都府中部、兵庫縣東北部一帶。
⑩ 持統天皇、文武天皇時代的官吏，同時也是文人。曾任丹波國的地方首長。
⑪ 有關奈良時代的開始與結束之年代有諸多說法，大致是指八世紀初至八世紀後期的這段期間。

傳說和人物事件，例如：下總國真間（下総国真間，現今之千葉縣市川市一帶）的美女「手兒奈」（手児奈），以及攝津國葦屋（摂津国葦屋，現今之兵庫縣蘆屋市一帶）的「菟原處女」（菟原処女）的故事。

高橋虫麻呂擅長以古代的傳說故事為主題，來創作長歌和短歌，所以又被稱為「傳說歌人」。本章主題〈詠水江浦島子歌〉，透過長歌之九十三句的內容，來敘述浦島傳說，作歌技巧高超、故事情節緊湊，引人入勝，是高橋虫麻呂的代表作品之一，更是《萬葉集》「傳說歌」中的翹楚。

## 2 文本

### 原文摘錄⑫

詠水江浦嶋子一首 并短歌

春日之　霞時尓　墨吉之　岸尓出居而　釣船之　得乎良布見者　古之　事曾所念　水江之　浦嶋児之　堅魚釣　鯛釣矜　及七日　家尓毛不来而　海界乎　過而榜行尓　海若　神之女尓　邂尓　伊許芸趍　相誂良比　言成之賀婆　加古結　常代尓

⑫ 原文為萬葉假名表記，摘錄自《萬葉集②》新編日本古典文學全集七（小学館）。

至　海若　神之宮乃　内隔之　細有殿尓　携　二人入居而　耆不為　死不為而　永世尓　有家留物乎　世間之　愚人乃　吾妹児尓　告而語久　須臾者　家帰而　父母尓　事毛告良比　如明日　吾者来南登　言家礼婆　妹之答久　常世辺　復変来而　如今　将相跡奈良婆　此篋　開勿勤常　曾己良久尓　堅目師事乎　墨吉尓　還来而　家見跡　宅毛見金手　里見跡　里毛見金手　恠常　所許尓念久　従家出而　三歳之間尓　垣毛無　家滅目八跡　此筥乎　開而見手歯　如本　家者将有登　玉篋　小披尓　白雲之　自箱出而　常世辺　棚引去者　立走　叫袖振　返側　足受利四管　頓情消失奴　若有之　皮毛皺奴　黒有之　髪毛白斑奴　由奈由奈波　気左倍絶而　後遂　寿死祁流　水江之　浦嶋子之　家地見（卷九：一七四〇）

〔反歌〕⑬

常世辺　可住物乎　剣刀　己之行柄　於曾也是君（卷九：一七四一）

⑬ 反歌（はんか）指在和歌的長歌之後所附加的短歌。通常為一首或數首，用來補充長歌的意思，或對其大意加以總結。在《萬葉集》中常見，並且以短歌形式為主，但有時也採用旋頭歌的形式。

〔読(よ)み下(くだ)し文(ぶん)〕⑭

水江(みづのえ)の浦島(うらのしま)⑮子(こ)を詠(よ)む一首　并(あは)せて短歌

春の日の　霞(かす)める時に　墨吉(すみのえ)の　岸に出(い)で居(ゐ)て　釣舟(つりぶね)の　とをらふ見れば　古(いにしへ)のことそ思ほゆる　水江(みづのえ)の　浦島子(うらのしまこ)が　鰹(かつを)釣(つ)り　鯛(たひ)釣り誇(ほこ)り　七日(なぬか)まで　家(いへ)にも来(こ)ずて　海界(うなさか)を　過ぎて漕(こ)ぎ行(ゆ)くに　海神(わたつみ)の　神の娘子(おとめ)に　たまさかに　い漕ぎ向かひ相(あひ)とぶらひ　言成(ことな)りしかば　かき結び　常世(とこよ)に至り　海神の　神の宮の　内の重(へ)の妙(たへ)なる殿(との)に　携(たづさ)はり　二人(ふたり)入(い)り居(ゐ)て　老(お)いもせず　死にもせずして　永(なが)き世(よ)にありけるものを　世の中の　愚か人(ひと)の　我妹子(わぎもこ)に　告(の)りて語(かた)らく　しましくは　家に帰りて　父母(ちちはは)に　事も語らひ　明日(あす)のごと　我(われ)は来(き)なむと　言ひければ　妹(いも)が言へらく　常世辺(とこよへ)に　また帰り来て　今のごと　逢(あ)はむとならば　この櫛笥(くしげ)　開(ひら)くなゆめと　そこらくに　堅(かた)めしことを　墨吉(すみのえ)に　帰り来(きた)りて　家(いへ)見れど　家も見かねて里見れど　里も見かねて　怪(あや)しみと　そこに思はく　家ゆ出(い)でて　三年(みとせ)の間(あひだ)に　垣もなく　家も失(う)せめやと　この箱を　開(ひら)きて見てば　もとのごと　家はあらむと玉櫛笥(たまくしげ)　少し開くに　白雲(しらくも)の　箱より出でて　常世辺(とこよへ)に　たなびきぬれば　立ち走(はし)

---

⑭ 又稱「訓み下し文」（よみくだしぶん），詳參凡例注一。以下「読み下し文」摘錄自注十二書，並依循文本採用「歷史假名遣」（舊假名遣，日文中的古文之讀法）進行讀音標示。「歷史假名遣」之讀音重點詳參凡例第五點。

⑮ 原文寫「嶋」，「読み下し文」寫「島」，考量「浦島傳說」使用「島」字，因此以下除原文引用外，統一寫「島」，以利閱讀。

り　叫び袖振り　臥いまろび　足ずりしつつ　たちまちに　心消失せぬ　若かりし　肌も皺みぬ　黒かりし　髪も白けぬ　ゆなゆなは　息さへ絶えて　後遂に　命死にける　水江の　浦島子が　家所見ゆ（巻九：一七四〇）

〔反歌〕

常世辺に　住むべきものを　剣大刀　汝が心から　おそやこの君（巻九：一七四一）

## 日文摘要

春の霞んでいる日に、私は墨吉の岸に出て釣り舟が波間に揺れているのを見ると、昔のことを思い出した。かつて水江の浦島子という漁師がいた。彼は自慢の腕で鰹や鯛を釣り、七日間家に帰らず、海原を遠く漕いで行くと、海神の娘に偶然に出会って声を掛け合い、思いが通じて結婚することになった。二人はともに常世の国に行き、海神の宮廷の奥深い麗しい御殿に入って、不老不死の命を得て、幸せな時間を過ごした。しかし、この愚かな人間である浦島子は妻に、「しばらく家に帰り、両親に事情を話し、翌日には必ず帰ってくる」と言った。妻は彼に「もし再びこの常世に戻り、私と逢うつもりであるなら、この箱を絶対に開けないでください」と言い、玉櫛笥⑯（化粧箱）を浦島子に渡した。

しかし、約束を固く交わしたにも関わらず、浦島子は故郷の墨吉に帰ってくると、家を探しても家が見つからず、里を探してもなく、戸惑っているうちに、「箱を開けて見れば、もとの家が現れるのでは」と思って、玉櫛笥を少し開けると、白い雲が箱から出て、常世の国の方へ向かって棚引いていった。白い雲が流れると、浦島子は急いで立ち上がり、叫び声を上げ、袖を振りながらも、心が消えてしまい、若かった肌も皺が生まれ、黒かった髪も白くなり、最後には呼吸も絶えて死んでしまったという。このような水江の浦の浦島子の家が見える。

## 中文摘要

在春日朦朧的日子裡，我站在墨吉岸邊看著垂釣的小船在波間搖曳時，不自覺地想起往事。曾經在水江的岸邊，有個叫做浦島子的漁夫，擅長釣鰹魚、鯛魚，有一次他七天七夜不回家，划著船在海上遠航，偶遇了海神的女兒，兩人相互交談後，心意相通，結為夫妻。隨後，他們一起前往海神之女的家鄉（海神宮，常世之國），並進

⑯ 玉櫛笥（たまくしげ），「玉」（たま）為對事物的美稱，「櫛笥」（くしげ）指放置梳子、化妝品等物品的盒子，類似梳妝盒。

入美麗宮殿。兩人在這既不老又不死的國度中渡過了幸福的時光。然而，這位愚昧的凡人——浦島子，告訴他心愛的妻子說：「我暫時回家一趟，向我的父母稟報一下我的情況，隔天一定回來。」妻子吩咐他：「如果你打算再回到這個世界，那麼絕對不要打開這個盒子（玉櫛笥）！」

儘管浦島子堅定地承諾妻子，但回到墨吉之後，浦島子四處尋找不到以前居住的家，也找不到自己的村莊。在不知所措之際，他心想：「或許打開這個盒子，以前的家就會出現。」於是，他稍稍打開了盒子，隨後便有一道白色的雲霧從盒子裡冒出，飄向常世之國的方向。浦島子快跑並揮袖大喊，但飛走的白雲卻也回不來。逐漸地，他的心神消散，原本年輕的肌膚也長出皺紋，黑髮變成白髮，最後甚至斷了氣。遠遠望去，水江浦島子曾經居住過的地方，映入了眼簾。

## 3 作品賞析

### (1)異界訪問

〈詠水江浦島子歌〉由一首長歌（卷九：歌號一七四〇）和一首短歌（卷九：歌號一七四一）組合而成。長歌，主要是作者高橋虫麻呂用來敘述水江浦島子的故事情節；短歌，主要用來表達作者的感嘆或針對重點內容反覆提示。

長歌中所描繪浦島子前往海神宮殿之情節，原是日本神話傳說中常見的「異界訪問譚」[17]。此類故事的內容通常是男女主角因某種特殊原因前往異世界探訪，最後再回歸現世。在異界之旅中，主角常與異界之人（多為異類、非人存在）結為連理，因此故事帶有「異類婚姻」[18]的元素；同時本篇故事的女主角為海神之女（神女），所以在此亦有「神婚」的元素。

然而，隨著丈夫歸鄉心切，海神之女給了丈夫一個盒子，並約定「絕對不能打開」，但丈夫最終還是打開了盒子。故事中所出現的「禁忌（勿開盒子）」，以及「打破禁忌（打開了盒子）」，經常扮演著異類婚姻傳說中推進劇情以及使劇情轉折的角色，因著禁忌被打破，以至於原本幸福地在海神宮殿生活的兩人，再也無法重逢。

⑰ 異界，依照字面解釋為「不同的世界」、「另一個世界」之意，通常指男主角、女主角生活以外的世界。當男主角或女主角離開自身所居住的世界，前往另一世界，則稱為「異界訪問」。而此類型的故事則稱之為「異界訪問譚」或「異界訪問說話」。

⑱ 異類婚姻，一般指人類與非人類（例如動物）之間的婚姻。雖然在日本古代，動物也經常被視為神（動物神），因此異類婚姻在定義上，也會與神婚故事部分重疊。不過，神婚強調的是人類與神的婚姻；異類婚姻則強調人類與非人類（未必是神）的婚姻。諸多版本的浦島故事中特別提到「龜女房」，也就是「烏龜妻子」的意思，若將其視為動物（烏龜）時，則可算為異類婚姻故事；但若將其視為神（烏龜神、動物神）時，那麼便具有「神婚」的意涵。此篇故事中沒有特別寫到女主角是烏龜化身而來，而是從始自終都寫著女主角是海神之女，所以在此可將本篇故事中的婚姻，視為「神婚」。

## ⑵不死的樂園

從「常世に至り　海神の　神の宮」、「老いもせず　死にもせずして　長き世に　ありけるもの」等敘述中可以知道：浦島子所前往的海神宮殿，是長生不老的常世之國（長世之地），具有不死樂園的意象。男主角浦島子打開了盒子，打破了禁忌，以至於再也無法回到常世之國，最終老死。

常世之國海神宮所具有的不死樂園的意象，在《日本書紀》的浦島傳說中以「蓬萊山」的方式來呈現。《日本書紀》全書以漢文編寫，書中採用大量中國式的詞句、文章典故、信仰與思想。雄略天皇二十二年的浦島故事寫道：「到蓬萊山、歴覩仙衆」，令人想起中國秦始皇求仙人、仙藥的故事，具有濃厚的中國神仙思想的色彩。中國《史記》卷六〈秦始皇本紀〉中有以下的記載：在秦始皇的時代，齊人徐市說在海上有三仙山，分別為蓬萊、方丈、瀛洲，仙山中有僊（仙）人住著。於是秦始皇便派遣徐市，帶著童男童女數千人，入海求仙人。此外，同卷書中也敘述侯生、盧生討論到秦始皇暴戾、剛愎自用，不應為其求取仙藥一事。另外，《漢書》卷二十五上〈郊祀志〉也描述渤海中佇立著三座神山，山上有仙人及不死藥。

除此之外，《丹後國風土記逸文》版的浦島傳說可視為《日本書紀》浦島傳說的「後半」（亦即「語在別卷」之後的內容）。在《丹後國風土記逸文》的浦島傳說中，亦出現了「蓬山」、「天上仙家」等描述，相關故事詳參「延伸學習」。

相對於《日本書紀》和《丹後國風土記逸文》中所使用的「蓬（萊）山」一詞，同為八世紀文學作品的《萬葉集》，使用的是「常世／海神宮」，在此也可以看出作者高橋虫麻呂對於〈詠水江浦島子歌〉有著不同的巧思與創意。

### (3)愚昧的浦島子

本作品的長歌（卷九：歌號一七四〇）共有九十三句，結構上可分為三大部分，分別是「序幕」、「傳說故事的陳述」、「閉幕」。第一部分「序幕」是「春の日の……古のことそ思ほゆる」這八句，作者描述自己在春日朦朧的景色中，站在墨吉岸邊看著垂釣的小船在波間搖曳時，不自覺地想起了往事。作者用「回想」的方式來帶出以下的傳說故事。

第二部分是「水江の　浦島子が……命死にける」這八十三句，內容敘述浦島子遇到海神的女兒並相偕去海神宮後結婚，在海中世界度過三年快樂的日子，卻又因思鄉而返家，最後破壞了與妻子的約定，打開了盒子，以致氣絕而亡。

第三部分「閉幕」，作者以「水江の浦島の子が　家地見ゆ」這兩句，來讓思緒回歸現實，全首和歌在此收筆。在作為反歌的短歌一首（卷九：歌號一七四一）中，虫麻呂以「鈍やこの君」用力斥責了浦島子的愚昧，做了一個強而有力的結尾。

整體而言，作者高橋虫麻呂以一首長歌配搭一首短歌，以「異界訪問」為核心，結合「神婚」、「不可打開盒子的禁忌」與「打破禁忌」、「男子的思鄉和歸鄉」、「男主角的死亡」等等要素，成功地敘述了浦島傳說，並從中加入浦島子的懊悔以及作者對於浦島子愚昧行為的斥責，強調「不死」、「不死之不可能」等主題。虫麻呂用「和歌」將浦島傳說娓娓道來，技法精妙，帶領讀者進入作者所創作的浦島世界中，不愧為萬葉傳說歌的代表作品之一。

## 4 延伸學習

依照本章主題，以下補充《丹後國風土記逸文》、《御伽草子》的浦島傳說作為延伸學習之用。同時，因故事原文內容較長，因此以下僅以中文摘要的方式呈現。

### (1)《丹後國風土記逸文》〈水江浦嶼子〉⑲

雄略天皇的時代，在丹後國（丹後国〔たんごのくに〕，現今之京都府北部一帶）有一個漁夫名為嶼子（嶼子〔しまこ〕），他乘坐小船出海捕魚，三天都沒有捕到魚，卻捕獲了一隻五色龜。他在船上暫時睡去之時，這隻烏龜變成了一位美女。當嶼子問及這位女子的身分，對方回答自己是「天上仙家之人」。接著，女子邀請嶼子一同前往蓬萊山。隨後，女子使嶼子睡著，在這之間，兩人便來到了海上的一座大島，島上有一棟富麗堂皇的屋舍。當嶼子站在門口時，有七個童子前來，隨後又有八個童子過來，說道：「是龜比賣的

⑲ 文本參考《風土記》新編日本古典文学全集五（小学館）。

丈夫來了」，由此嶼子便知道自己所遇的女子之名是「龜比賣」。之後，嶼子接受了盛宴，與龜比賣締結連理。

三年過去，嶼子想念起了家鄉，妻子特別囑咐：「若想再回到這裡與我相見，絕對不要打開這個梳妝盒！」並將盒子交給了嶼子。不過，當他回到家鄉後發現人事全非，打探家人的消息時，聽到村人說起三百年前失蹤的水江浦嶼子的事情，他頓時不知所措，瞬間忘了和妻子的約定，打開了盒子，突然有股香氣[20]從盒中飄出，與風雲一同飄向天空。嶼子意識到自己再也無法與妻子相會，非常懊悔。

### (2)《御伽草子》〈浦島太郎〉（浦島太郎（うらしまたろう））[21]

在古代丹後國，有一個年約二十四、五歲的漁夫，名叫浦島太郎。有一天，在一個叫做「ゐじまが磯（いそ）」的地方，他釣到了一隻烏龜，隨後將牠放生。隔日，一位女子乘船而來，聲稱自己不小心漂流到海上，並請求太郎幫忙帶她回家鄉。當他們到達女子家鄉時，浦島太郎看到了金碧輝煌的屋舍。女子為報太郎的救命之恩，提出自己想和太郎結為連理，兩人遂結了婚。之後，妻子告訴丈夫，這裡是龍宮城，四周開了四扇門，可以看到四季的景色。

---

⑳ 依據注十九書，頁四八二，所記原文為「芳蘭之體」，讀為「よきらにかをり」，現代語譯為「かぐわしい香の匂い」。亦指發出好聞的氣味、散發香氣之意。《萬葉集》（卷九．歌號一七四〇）則記載從箱中飄出的是「白雲」。

㉑《御伽草子》中所描述之男主角稱為「浦島太郎」（うらしまたろう）。文本參考市古貞次校注（一九八六年第一刷、二〇〇一年第二十刷）《御伽草子（下）》（岩波書店）。

**浦島之子帰国従竜宮城之図（浦島太郎從龍宮歸來），出自月岡芳年《芳年漫畫》（Sketches by Yoshitoshi），月岡芳年（Tsukioka Yoshitoshi），1886 年木版畫——展出於俄勒岡大學喬丹・施尼策藝術博物館（Jordan Schnitzer Museum of Art），美國俄勒岡州尤金市——圖檔名稱 DSC09388.jpg。**

原圖連結：Creative Commons CC0 1.0 Universal Public Domain Dedication，https://commons.wikimedia.org/wiki/File%3AUrashima_Taro_Returning_from_the_Dragon_King%27s_Palace%2C_from_Sketches_by_Yoshitoshi%2C_Tsukioka_Yoshitoshi%2C_1886%2C_print_-_Jordan_Schnitzer_Museum_of_Art%2C_University_of_Oregon_-_Eugene%2C_Oregon_-_DSC09388.jpg?utm_source=chatgpt.com（西元二〇二五年七月二十四日查閱）

夫妻倆在這裡共度三年之後，太郎想起了家鄉的父母，想回去看看。妻子告訴太郎：她就是當初被太郎所救的烏龜，為了報恩才跟他結婚，並交給了他一個箱子，囑咐他絕對不要打開。太郎回到了家鄉後發現完全沒有過往的痕跡。問了當地一位八十歲左右的老人才知道人世間已經過了七百年。太郎在不知所措之下打開了盒子，瞬間三道紫雲升起，太郎也立刻變成老人。原來是妻子龜比賣將丈夫浦島太郎七百年的年歲，收入盒內了。

太郎後來還變成了一隻鶴，飛往蓬萊山。之後，成為了浦島明神，出現在丹後國，普渡眾生，龜比賣也成了龜神，兩神被尊為夫婦明神，受到民眾的祭拜。

## 5 豆豆小知識——浦島傳說之里程碑㉒

浦島傳說自日本上代以來即見於多部文獻記載，其內容與敘事形式隨著作品類型及時代推移而呈現多樣化發展。傳說流傳至室町時代（室町時代（むろまちじだい））㉓後，在短篇故事集《御伽草子》所收錄的〈浦島太郎〉一話中，出現了較為顯著的轉變與重建。

首先，在空間描寫方面，《御伽草子》的〈浦島太郎〉不再延續早期文獻中所呈現、

㉒ 有關室町時代之浦島傳說的變化，詳參大久間喜一郎・乾克己編（一九九三）《上代說話事典》（雄山閣），頁三〇六。

㉓ 日本的室町時代（西元一三三六至一五七三年）是由「足利幕府」（あしかがばくふ），也稱「室町幕府」）所統治的一段歷史時期，其名稱來自幕府設置於京都「室町」的政治中心。

帶有中國仙境色彩的「蓬萊宮」意象，而是創造出一座四面分別呈現春、夏、秋、冬四季草木景致的幻想空間。此一設計展現出濃厚的日本風格異界想像，反映出中世敘事文化對本土美學與季節感的強調，亦可視為一種更加「日本化」的異界重建。

其次，在人物命名方面，上代文獻如《日本書紀》、《丹後國風土記逸文》與《萬葉集》等，傳說中的主角多以「浦嶋子」或「嶼子」等名稱出現。而在《御伽草子》中，則首次以「浦島太郎」命名主角，此一名稱語感親切、富含庶民氣息，契合該書多以民間故事為題材、以平民階層為主角的敘事特徵，亦顯示出其與當時主流的貴族文學有所區隔。《御伽草子》作品的創作者多為僧侶、隱士，內容呈現出強烈的庶民化傾向。〈浦島太郎〉中對主角命名的改變，為後世廣泛流傳之浦島太郎形象奠定了基礎。

再者，在敘事主題上，《御伽草子》版本特別強調女主角乃浦島太郎所釣起之海龜，因受到其救助與放生之恩而化為人形，引領太郎前往龍宮。此一「動物報恩」的母題構成該版本敘事的核心，與早期以「異界訪問」為主軸之版本顯著不同。「動物報恩」的敘事模式自《御伽草子》定型後，遂成為浦島故事最廣為人知的核心元素。自此版本以後，浦島太郎的故事逐漸定型為「太郎救烏龜、烏龜報恩帶太郎前往龍宮」的童話敘事，並收錄於小學國語教材與出現在各類大眾媒體中。

綜合而言，《御伽草子》的〈浦島太郎〉相較於《日本書紀》、《風土記逸文》、《萬葉集》等上代資料，在敘事空間、人物命名、主題內涵與故事結局等，多方面皆展現出明顯的再詮釋與轉化，尤以「動物報恩」之設定最具代表性。從上述諸點來看，

《御伽草子》的〈浦島太郎〉無疑扮演了關鍵的過渡角色，堪稱浦島傳說發展史中的重大里程碑。

## 6 主要參考文獻（依出版日排列）


- 稲岡耕二編（一九八一年第二版）《万葉集必携二》，東京：學燈社
- 市古貞次校注（一九八六年第一刷，二〇〇一年第二十刷）《御伽草子（下）》，東京：岩波書店
- 大久間喜一郎・乾克己編（一九九三）《上代説話事典》，東京：雄山閣
- 小島憲之等校注・訳（一九九五）《萬葉集②》新編日本古典文学全集六，東京：小学館
- 小島憲之等校注・訳（一九九六）《日本書紀二》新編日本古典文学全集三，東京：小学館
- 植垣節也校注・訳（一九九七）《風土記》新編日本古典文学全集五，東京：小学館


## 7 附圖

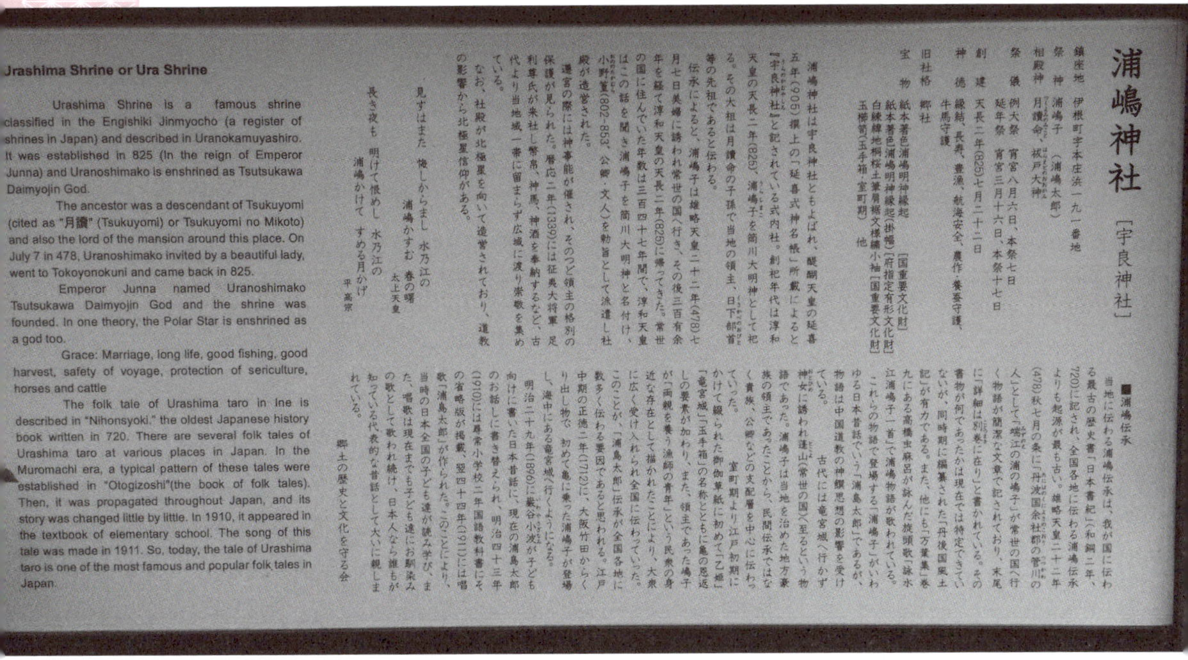


京都府與謝郡伊根町，浦嶋神社（宇良神社）解說牌

京都府與謝郡伊根町，浦嶋神社（宇良神社）

# 第八章 〈伊香小江傳說〉

## 1 作者與作品簡介①

〈伊香小江傳說〉（伊香小江伝説）出自《近江國風土記逸文參考》（近江国風土記逸文参考），作者不明，應為流傳於近江國②的民間故事。

有關《風土記》之編撰，《續日本紀》（続日本紀）③和銅六年（西元七一三年）

① 《風土記》相關資料，詳參以下文獻：
《風土記》新編日本古典文学全集五（小学館），頁七至八。
《国史大辞典》，https://japanknowledge.com/lib/display/?lid=30010zz422670（西元二〇二四年八月二十日查閱）

② 現今之滋賀縣一帶。

③ 《續日本紀》是繼《日本書紀》之後的第二本官方史書（正史），共有四十卷，記載文武天皇元年（西元六九七年）至桓武天皇延曆十年（西元七九一年）共九十五年間的事情，主要以編年體撰寫。詳參国史大辞典編集委員会編（一九八六）《国史大辞典　第七卷》（吉川弘文館），頁一四四至一四六。

五月的記事中，記載了元明天皇（元明天皇（げんめいてんのう））[4]所下的一道詔書，內容如下：

五月甲子制。畿內七道諸國郡鄉名着好字。其郡內所生。銀銅彩色草木禽獸魚虫等物。具錄色目。及土地沃塉山川原野名号所由。又古老相傳舊聞異事。載于史籍亦宜言上。[5]

這道詔書可以解釋為以下五項要求：（一）為郡和鄉命名，並以漢字兩字表記；（二）列舉郡內的物產品目；（三）記錄土地肥沃的程度；（四）記載山川原野名稱的由來；（五）記錄當地的傳承。整體而言，就是元明天皇命令各地方記載其文化、風土民情、故事、地勢、物產等相關資料呈報給朝廷。因此，國內的各區域小國按照這道詔書的要求呈上報告書（解文〔解文（げぶみ）〕），此即為後來的《風土記》。

《風土記》為地方志，這個名稱仿效了漢籍中的地志標題（例如，晉代周處所撰的《風土記》）。雖然不清楚當時日本國內的六十多個區域小國是否都有上呈地方志給朝廷，但從眾多小國的佚文（逸文）[6]故事被收錄在現今的《風土記》中，也可以推測當時大部分區域的小國應該都進行了地方志的編纂，可惜目前所能看到的《風土

④元明天皇為天智天皇之女、草壁皇子之妃，後來成為第四十三代天皇，她是繼推古天皇、齊明天皇（再即位後成為皇極天皇）、持統天皇，成為日本史上第四位女天皇。

⑤文本摘錄自黑板勝美・国史大系編集會編（一九六六）《第二巻　續日本紀》（吉川弘文館），頁五十二。

⑥依據《風土記》新編日本古典文学全集五（小学館），頁六一〇所述，所謂的「逸文」，是指一些原來的故事版本已經散佚，原來的樣貌沒有被傳承下來的文獻資料，因被其他書籍引用，而使得散佚的部分被修復的文章。

記》皆是「抄本」⑦。如今所流傳的，主要是常陸（常陸〔ひたち〕）⑧、播磨（播磨〔はりま〕）⑨、出雲（出雲〔いずも〕）⑩、豐後（豊後〔ぶんご〕）⑪、肥前（肥前〔ひぜん〕）⑫等五個小國的《風土記》，而內容趨近完整的只有《出雲國風土記》。另有許多零碎段落，因被其他書籍引用而流傳下來，被稱之為「佚文」。

《風土記》大體是使用六朝駢文風格的四六文為主的漢文，這是地方官員為了藉此機會向中央展示他們的學識，而運用了當時的文學手法來撰寫的緣故。除此之外，《風土記》中有部分段落試圖保留口頭傳誦的形式，採用了變體漢文或假名書寫，例如出雲的「國引」（国引き〔くにびき〕）傳說。由此可知，《風土記》不僅記錄了古代地方的神話、傳說、地理和生活，也是呈現當時學術和文藝狀況的珍貴資料。

在〈伊香小江傳說〉中，女主角化身白鳥，從天而降，然後與人類男子結婚，此故事類型屬於東洋和西洋都相當常見的「白鳥處女傳說」（白鳥処女伝説〔はくちょうしょじょでんせつ〕）。在日本，白鳥處女傳說最後的結局大多是女主角找到羽衣之後升天而去，因此多被視為「羽衣傳說」（羽衣伝説〔はごろもでんせつ〕）。另外，本篇故事出現「天之八女」（天の八女〔あめのやおとめ〕）⑬、「天女浴浦」

---

⑦ 抄本（写本（しゃほん）），指手抄之複製本。
⑧ 現今之茨城縣西南部。
⑨ 現今之兵庫縣西南部。
⑩ 現今之島根縣東部。
⑪ 約為現今之大分縣一帶。
⑫ 約為現在的佐賀縣及扣除壹岐島和對馬島後的長崎縣。
⑬ 八位天女之意。

（天女の浴し浦）⑭等情節，亦可看出本篇故事也同時歸屬於「天人女房傳說」（天人女房伝說）⑮的類型之中。

## 2 文本

### 原文摘錄

古老伝曰。近江国伊香郡与胡郷伊香小江、在郷南也。天之八女、倶為白鳥自天而降。浴於江之南津。于時、伊香刀美、在於西山。遥見白鳥、其形奇異。因疑若是神人乎。往見之、実是神人也。於是伊香刀美、即生感愛、不得還去。窃遣白犬盗取天衣。得隠弟衣。天女乃知、其兄七人、飛昇天上。其弟一人、不得飛去、天路永塞。即為地民。天女浴浦、今謂神浦是也。伊香刀美、与天女弟女共為室家、居於此処、遂生男女。男二女二。兄名意美志留、弟名那志等美。女名伊是理比咩、次名奈是理比売。此伊香連等之先祖是也。母即捜取天羽衣、着而昇天。伊香刀美、独守空床、唫詠不断。

（神宮文庫本『帝王編年紀』第十、元正天皇養老七年癸亥条）

⑭ 指天女洗浴的海灣。
⑮ 以仙女為妻子的傳說。

## 日文摘要

古い伝説によれば、ある日、八人の天女が白鳥に化し、近江国の伊香郡与胡の郷⑯の南にある伊香小江に天降って水浴びをしていた。猟師の伊香刀美は彼女らの姿を見て、一目惚れした。そこで、こっそりと白い犬を遣わし、天女の羽衣を盗もうとした。七人の姉たちはすぐにそれに気づき、天に昇っていったが、妹だけが地上にとどまることになった。天女が水浴びをした浦は今では神浦と呼ばれている。伊香刀美は妹天女と夫婦になり、二人の男の子と二人の女の子をもうけた。彼らはすなわち伊香連の祖先であった。その後、天女は羽衣を探し出し、それを着ると天に昇った。伊香刀美は一人で空っぽのベッドを守りながら、歌を歌い続けた。

## 中文摘要

根據古老的傳說，有一天，八位天女化身成白鳥的形態，從天而降，來到近江國伊香郡與胡鄉（伊香郡与胡の郷）南邊的伊香小江，她們在那裡洗澡。獵人伊香刀美看到她們，一見鍾情，於是他悄悄派出一隻白狗，企圖偷走天女的羽衣。七位姊姊立

⑯ 現今之滋賀縣伊香郡余呉町一帶。

刻察覺到，升天而去，但妹妹卻留在了地上。天女沐浴的海灣現在被稱為「神浦」。伊香刀美與天女結為夫婦，生下了兩男兩女，他們便是伊香連的祖先。後來，天女找到了羽衣，穿上它，飛向了天空。伊香刀美一人守著空床，不斷地吟唱著詩歌。

## 3 作品賞析

### (1) 羽衣傳說

「羽衣傳說」在日本相當普遍，其最早的版本可追溯至《風土記》。在《風土記》中一共有三處記載著羽衣傳說，分別是《近江國風土記逸文參考》、《駿河國風土記逸文參考》（駿河国風土記逸文參考）、《丹後國風土記逸文》（丹後国風土記逸文）。這些故事都有提到天女因羽衣被扣，不得已之下和人類男子結婚等情節。其中，《近江國風土記逸文參考》裡伊香小江的羽衣傳說，是三者中最古老的版本，也被視為是日本眾多羽衣傳說的原型；同時，這個版本也是唯一有強調天女化身成白鳥，並且在結尾出現了《風土記》常見的「氏族起源傳說」[17]的元素。《駿河國風土記逸文參考》和《丹後國風土記逸文》，這兩個版本的故事內容列於「延伸學習」。

⑰ 說明各氏族祖先或氏族名稱之由來等，在此為說明「伊香連」（いかごのむらじ）的始祖的起源。

此外，本篇故事中提到天女化身成白鳥，從天而降，最後天女找到羽衣後飛天而去。「羽衣」的要素，在此篇故事中扮演著推進故事發展的重要功能。《風土記》之後，有出現羽衣要素的作品也不少，《竹取物語》（竹取物語(たけとりものがたり)）、謠曲《羽衣》（謡曲(ようきょく)《羽衣(はごろも)》）可算為經典，礙於篇幅，僅將謠曲《羽衣》列為「延伸學習」。

「羽衣傳說」是一種傳說故事的類型，主要故事核心是天界的女性與人類男子結婚。在日本各地的傳說中，這類型的故事大多伴隨著「天女的羽衣被盜走」的這個元素，因此經常被稱為「羽衣」傳說。不過在世界各國的案例中，也會將其描繪為白鳥的形象，因而也被稱為「白鳥處女」傳說；由於女主角為天上仙人，所以亦被稱為「天人女房（妻子）」傳說。

### (2)天人女房傳說

天人女房傳說主要強調天女下到人間，因其返回天界所需的「羽衣」被人類男子盜走，使天女無法返回天界，無奈只能嫁給該男子。

日本神話傳說故事中，有一個類型是人類男性娶了非人類的女性，這些女性又以動物為多，這些動物被通稱為「異類」，例如娶了蛇當妻子的「蛇女房」（蛇女房(へびにょうぼう)）、娶了鶴當妻子的「鶴女房」（鶴女房(つるにょうぼう)）等等，因此這些故事又被統稱為「異類女房（妻子）」（異類女房(いるいにょうぼう)）傳說。在異類女房傳說中，女主角通常都是從異類（動物的形狀）化身為人類女性，並且因某些事由而嫁給了人類男性。值得一提的是，異類女房傳說

的人類男性始終處於被動地位，而異類妻子才是故事的主角。

天人女房傳說雖然與異類女房傳說一樣，女主角都不是人類，不過異類女房傳說中的「異類」主要是指動物，而天人女房傳說中主要是天女。此外，天人女房傳說中的男性，不像對待其他異類妻子那樣被動，而是憑藉自己的好奇和意志，將來自天界並在人間沐浴的天女留了下來，試圖與她共度餘生，反之，天女則較為被動，幾乎完全聽從男性的安排。男性為了讓天女留在地上，暗中藏起了天女返回天界所需的「羽衣」，使天女無法返回天界，直到天女終於在某天突然發現被藏許久的羽衣，披上羽衣之後，便返回了天界。

天人女房傳說其核心要素是「盜取衣服後結婚」的這一情節，也就是這一類型的核心在於偷竊並隱藏羽毛、羽衣或衣服等物品。從這點也可以知道羽衣或羽毛，具有往來於異界（包含天界）和人間的功能，以及從異類形態轉變為人類形態，或者從人類恢復為原始異類形態的「變身」功能。

人們將具有這種連接異界與人界功能的「羽毛」、「羽衣」等物品隱藏或破壞，實際上是為了將異類永久地留在人間。但透過諸多羽衣傳說的結局也可以知道，異類（包含天女）依舊無法永久停留在人間，就如同人類無法永遠停留在異界一般，此點亦在浦島傳說（浦島伝説（うらしまでんせつ））中清楚呈現，浦島傳說的相關說明詳參第七章。

## 4 延伸學習

羽衣傳說在日本各地廣為流傳，其例子不勝枚舉。以下僅列出《駿河國風土記逸文參考》、《丹後國風土記逸文》、謠曲《羽衣》中的羽衣傳說，供延伸學習之用。

### (1)《駿河國風土記逸文參考》神女羽衣（三保松原）

駿河國的三保松原（三保松原［みつほのまつばら］）[18]原有蒼翠的松林，《駿河國風土記逸文參考》中記載著三保松原的神女羽衣故事，內容如下：

三保松原者、在駿河国有度郡。有度浜北、有富士山。南有大洋海。久能山嶮於西。清見関田子浦。在其前。松林蒼翠、不知其幾千万株也。殆非凡境。誠天女海童之所遊息也。案風土記、古老伝言。昔有神女，自天降来，曝羽衣於松枝。漁人拾得而見之，其輕軟不可言也。所謂六銖衣乎。織女機中物乎。神女乞之。漁人不与。神女欲上天、而無羽衣。於是，遂与漁人為夫婦。蓋不得已也。其後一旦、女取羽衣乘雲而去。其漁人亦登仙云。（林道春『本朝神社考』第五巻、三二丁表～裏「三保」条）

此故事主要是說：從前有神女從天而降，將羽衣披於松樹枝上，漁人拿起一看，發現其輕軟無以言喻，不知是傳說中的六銖衣嗎？還是織女所編之物？神女向其討要，

---

⑱ 現今之静岡縣静岡市清水區三保一帶。

漁人堅持不給。神女想回天上卻苦無羽衣，遂與漁人結為夫婦。實為不得已而為也。之後某日，神女取回羽衣，便乘雲而去。傳聞其漁人亦登仙矣。此三保松原亦為謠曲《羽衣》的傳說地。

此故事雖沒有提到神女的人數是否為「八位」，但神女在沐浴時，衣服被盜，以致無法返回天界，只能跟男子結婚，直到找回羽衣後返回天界，此般情節與《近江國風土記逸文參考》所記載的〈伊香小江傳說〉相當類似。不過，〈伊香小江傳說〉特別敘述了天女留在地上的孩子們成為了伊香連的祖先，而本篇故事則沒有敘述伊香連祖先的由來，而是特別記載了男子最後亦登為仙人。

### (2)《丹後國風土記逸文》（比治真奈井・奈具社）

在《丹後國風土記逸文》中記載著比治的真奈井・奈具社（比治真奈井・奈具社）[19]的羽衣傳說。因原文較長，擇重點摘錄如下：

丹後国。丹波郡。々家西北隅方、有比治里。
此里比治山頂有井。其名云麻奈井。今既成沼。
此井天女八人、降来浴水。于時、有老夫婦。其名曰和奈佐老夫、和奈佐老婦。
此老等至此井、而窃取蔵天女一人衣裳。即、有衣裳者、皆天飛上、但無衣裳女

⑲ 位於現今之京都府京丹後市一帶。

娘一人留。身隠水而、独懐愧居。

爰、老夫謂天女曰「吾無児、請天女娘汝為児。」天女答曰「妾独留人間。何敢不從。請許衣裳。」老夫曰「天女娘、何存欺心」。天女云「凡天人之志、以信為本。何多疑心、不許衣裳」。老夫答曰「多疑无信、率土之常。故以此心、為不許耳」、遂許。即相副而往宅、即相住十余歳。

爰天女、善爲釀酒。飲一坏、吉万病除。（云々）其一坏之直財、積車送之。于時其家豊、土形富。故云土形里。此自中間、至於今時、便云比治里。

後老夫婦等、謂天女曰「汝非吾児、暫借住耳。宜早出去。」於是天女、仰天哭慟、俯地哀吟（中略）復至竹野郡船木里奈具村。即謂村人等云「此処我心、成奈具志久【古事平善者、曰奈具志】」。乃留此村。斯所謂竹野郡奈具社坐、豊宇加能売命也。

（底本／神宮文庫藏『古事記裏書』参照本／道果本『古事記』附箋、北畠親房『元元集』巻第七「奈具社」条）

此故事說明了好幾個地名以及社名的由來，例如比治里、奈具村、奈具社。其中夾雜了羽衣故事。故事梗概如下：

有八個天女常降到地上，在比治山上有個被稱作麻奈井的泉水處洗澡。某日，一對老夫婦來此將一位天女的衣服藏起來，使其無法回天上，只能成為他們的女兒。天女非常會釀酒，為老夫婦帶來許多財富，後來卻因不是親生的女兒而被老夫婦趕了出來。無法回去天上的天女在人間徘徊，最終到了奈具村，成為「豊宇加能賣」（豊宇[とよう]

加能売（かのめ），稲神）而被供奉著。

在這個故事中，天女並沒有成為某男子之妻，而是成為老夫婦的女兒，但老夫婦對待天女的涼薄，致富後便將她趕出家門，充滿了自私和醜惡。比起天女對人類的誠信，人類則是自私和多疑的，而這更是人世間之常。

### (3) 謠曲《羽衣》[20]

「謠曲」是日本「能劇」中的唱詞部分，題材多樣，歷史經典至庶民社會的題材都有。謠曲《羽衣》，主要故事情節可分為相遇、交涉、懷疑、回歸等四部分。故事簡介如下：

從前有個在松保的漁夫名為白龍。這天早晨在三保的松原釣著魚，雖然是平時已見慣的景色，但春天的富士山彷彿浮在海上，看起來特別地美麗。這時，白龍突然聞到一股無法言喻的香味，被香味吸引來到了一棵從未見過的松樹，上面掛著美麗的衣裳隨風飄動。「這是什麼美麗的東西呀！帶回家當傳家寶好了。」白龍說著便想將其帶回家的時候，站在樹蔭後的女人說道：「那個，那是我的衣服。我是天女，這羽衣對你來說一點用都沒有，請還給我吧，若是沒有它我便回不了天上了。」白龍對於這

⑳ 以下謠曲《羽衣》的故事摘錄自《謠曲集①》新編日本古典文学全集五十八（小学館），並因故事原文較長，因此以下僅以中文摘要的方式呈現。

東西竟是羽衣，感到十分震驚，看到天女沮喪的樣子而有了歸還的念頭。

白龍說：「作為歸還的代價，請舞一段天人之舞吧！」天女說：「但是如果沒有羽衣，是無法跳舞的，請先將羽衣還給我吧！」白龍遲疑了一下說：「若是我將衣服還給妳，妳會不會連舞也不跳就回去了呢？」天女此時卻斬釘截鐵地說道：「懷疑和欺騙是只有人才會做的事，天上的人是不會的。」這番話讓白龍感到十分羞愧。

穿上羽衣後，天女開始優雅地跳起了舞來。正當白龍被不知從哪裡傳來的音樂和香味籠罩而震驚和沉醉時，天女緩緩飛上了天，愈來愈高，從愛鷹山飛到富士山的高嶺，最後消失在彩霞之中。

這則故事可以說是以《駿河國風土記逸文參考》的內容為基底，以富士山周邊的靜岡縣三保松原為故事場景，再加入《丹後國風土記逸文》比治真奈井・奈具社故事中的天女的誠信與人類的無信和懷疑等要素組合而成。

## 5 豆豆小知識——伊香具神社（伊香具神社（いかぐじんじゃ））㉑

說起近江國的故事，就不能不提到伊香具神社。此神社位於日本滋賀縣長濱市木之本町，被譽為湖北（琵琶湖北部）地區第一的名神大社。伊香具神社的主祭神是「伊

㉑ 伊香具神社相關資料，參考 https://miniuzi0502.sakura.ne.jp/jinjadistant/shiga/ikagu.html（二〇二五年四月二十八日查閱）以及筆者田野調查資料。

滋賀縣長濱市木之本町，伊香具神社鳥居

香津臣命」（伊香津臣命），他是日本初代天皇神武天皇（神武天皇）時候的大臣——天兒屋根命（天児屋根命／天児屋命）的第七代子孫，身分極其尊貴，同時也是日後的中臣氏（中臣氏）㉒的

㉒中臣氏是藤原鎌足（ふじわらのかまたり）等人之氏族，日本古代極有勢力的氏族之一。其姓最初為「連」，於天武天皇十三年（西元六八四年），天武天皇制定「八色姓」（やくさのかばね）制度時，改賜「朝臣」之姓。中臣氏以《古事記》、《日本書紀》中天孫降臨神話所記載的天兒屋命為祖神，被視為自古以來掌管朝廷祭祀的家系。然而，五世紀以前的情況尚不明朗，僅知在律令制度下，神祇官中多由中臣氏族人擔任高級官職，且中臣氏出身者常在神祇官各項儀

滋賀縣長濱市木之本町，伊香具神社

祖先。九世紀後半，伊香津臣命的第十六代子孫伊香厚行（伊香厚行）擔任該神社的神官，並與當時在政壇上相當活躍的菅原道真（菅原道真）有著深厚的交情。菅原道真在幼年時曾在菅山寺（菅山寺）[23]修行，因此對伊香具神社有深厚的信仰。菅原道真不但供奉自己抄寫的法華經和金光明經，也向宇多天皇（宇多天皇，第五十九代天皇）建議，賜予伊香具神社「正一位勳一等大社大名神」的匾額。

## 6 主要參考文獻（依出版日排列）


- 黑板勝美・国史大系編集會編（一九六六）《第二巻 續日本紀》，東京：吉川弘文館
- 国史大辭典編集委員会編（一九八六）《国史大辭典 第七巻》，東京：吉川弘文館
- 国史大辭典編集委員会編（一九八九）《国史大辭典 第十巻》，東京：吉川弘文館


式中負責重要角色，從神祇令等諸多規定中可見一斑。因此，可以確信在大化革新許久之前，中臣氏便已是負責祭祀相關事務的最重要專門氏族之一。詳參国史大辭典編集委員会編（一九八九）《国史大辭典 第十巻》（吉川弘文館），頁六一七至六一八。

㉓ 菅山寺位於伊香具神社北方的余呉（余呉（よご））。

- 植垣節也校注・訳（一九九七）《風土記》新編日本古典文学全集五，東京：小学館
- 小山弘志・佐藤健一郎校注・訳（一九九七）《謠曲集①》新編日本古典文学全集五十八，東京：小学館

## 網路資料

- 伊香具神社：https://miniuzi0502.sakura.ne.jp/jinjadistant/shiga/ikaguj.html（二〇二五年四月二十八日查閱）
- 《風土記》：《国史大辞典》https://japanknowledge.com/lib/display/?lid=30010zz422670（西元二〇二四年八月二十日查閱）

滋賀縣長濱市余吳町，余吳湖

滋賀縣長濱市余吳町，余吳湖邊之天女掛衣處傳說地

# 第九章
# 〈大津皇子臨終歌〉

## 1 作者與作品簡介

〈大津皇子臨終歌〉（大津皇子(おおつのみこ)の臨終歌(りんじゅうか)）[1]出自《懷風藻》（懷風藻(かいふうそう)）中大津皇子所做之〈臨終　一絕〉（臨終　一絕(いちぜつ)）。

《懷風藻》[2]是日本現存最古老的漢詩集，成立於天平勝寶三年（西元七五一年），編者不詳。《懷風藻》的序文中寫道：「余撰此文意者、為將不忘先哲遺風。故以懷風名之云爾」，此為《懷風藻》書名之由來。「懷風」為「緬懷先哲遺風」之意；「藻」

① 「皇子」又可讀為「おうじ」，「臨終歌」亦可讀作「りんじゅうのうた」。

② 《新編日本古典文学全集》系列雖有收錄大津皇子之〈臨終　一絕〉，但無收錄其序文，因此本篇的文本摘錄自小島憲之校注（一九六四）《懷風藻　文華秀麗集　本朝文粋》日本古典文学大系六十九（岩波書店）。

則是「像水草般美麗的詞藻、文藻」之意③。

《懷風藻》全書以漢文寫成，收錄六十四位作者，一共一二〇首漢詩。書中作者多是當時的皇族顯貴，例如文武天皇（文武天皇，第四十二代天皇）、大友皇子（大友皇子，第三十八代天皇天智天皇〔天智天皇〕之子）、川島皇子（川島皇子／河島皇子，天智天皇之子）、大津皇子和其他官吏、儒生、僧侶等。④書中收錄的漢詩，以五言律詩為主，講求對仗，深受中國詩歌文學影響。本篇主題是大津皇子赴死臨終前所歌詠的漢詩⑤，是一首五言絕句。

大津皇子出身高貴，父親為第四十代天皇天武天皇（天武天皇），母親為大田皇女（大田皇女）⑥。《日本書紀》（日本書紀）中的〈持統稱制前紀〉（持統称制前紀）如此評論大津皇子：「皇子大津、天渟中原瀛真人天皇第三子也。容止墻岸、音辭俊朗。為天命開別天皇所愛。及長辨有才学、尤愛文筆。詩賦之興自大津始也。」給予大津皇子絕佳的讚譽。此外，《懷風藻》針對大津皇子寫道：「皇子者。淨御原

---

③ 依據注二書，頁六，如下所述：《文選》〈陸士衡文賦〉中寫道：「藻水草之有文者、故以比喻文焉」（李善注）。

④ 其中十八人亦為《萬葉集》（万葉集〔まんようしゅう〕）所收錄的和歌作者。

⑤ 雖然有學者認為在赴死前，大津皇子不太可能有心情寫出臨終歌這般文采盎然的漢詩，此臨終歌並非大津皇子所作，但對比《萬葉集》中所收錄的大津皇子歌，其寫作筆法類似，因此由大津皇子所作的可能性不小。

⑥ 天智天皇之女，同時也是鸕野讚良皇女（うののさららのひめみこ），日後的持統天皇（じとうてんのう））一母所出之姊姊。姊妹同時嫁給大海人皇子（通常讀作「おおあまのみこ」，亦可讀作「おおあまのおうじ」、「おおしあまのみこ」，為日後的天武天皇）。

帝之長子也。狀貌魁梧。器宇峻遠。幼年好學。博覽而能屬文。及壯愛武。多力而能擊劍。性頗放蕩。不拘法度。降節禮士。由是人多附託。」從上述的描述可以知道：大津皇子允文允武，性格豪放闊達，禮賢下士，其人品受到眾人信賴。而日本之詩賦之興也始於大津皇子。從這裡可以看出大津皇子在日本歷史以及文藝史上的地位。

由於大津皇子文韜武略都相當擅長，並在朝野相當有人望，其政治地位僅次於皇太子草壁皇子（草壁皇子〔くさかべのみこ〕）⑦。大津皇子的母親大田皇女，原是有極大的機會可以登上后位，可惜早逝，留下年幼的子女——大伯皇女（大伯皇女〔おおくのひめみこ〕／大来皇女〔おおくのひめみこ〕）和大津皇子。姊姊大伯皇女也在十四歲時被送去伊勢神宮當齋王⑧。父親天武天皇在世時，大津皇子尚得庇護，天武天皇駕崩後，大津皇子隨即就以謀反之罪被摯友川島皇子告發，並且迅速於一個月內（朱鳥元年十月三日）被賜死，年僅二十四歲。大津皇子是古代著名的悲劇人物之一。

⑦ 草壁皇子的父親為天武天皇，母親為天武天皇的皇后鸕野讚良皇女（日後的持統天皇，第四十一代天皇，同時也是日本史上第三位女天皇）。

⑧ 「齋王」（斎王）讀作「さいおう」或「いつきのみこ」，主要是指侍奉「伊勢神宮」（いせじんぐう）的主祭神——天照大神（あまてらすおおみかみ）的未婚皇族女性。「齋宮」（斎宮〔さいぐう〕）為齋王所居住的地方，「伊勢齋宮」亦可同時指「伊勢齋王」本身。

## 2 文本

### 原文摘錄

五言。臨終。一絕。

金烏臨西舍。
鼓聲催短命。
泉路無賓主。
此夕離家向。

〔読（よ）み下（くだ）し文（ぶん）〕⑨

五言。臨終（りんじゅう）。一絕（いちぜつ）。
金烏（きんう）　西舍（せいしゃ）に臨（てら）ひ、
鼓声（こせい）　短命（たんめい）を催（うなが）す。
泉路（せんろ）　賓主（ひんしゅ）無（な）し、
此（こ）の夕（ゆうへ）　家を離（さか）りて向かふ。⑩

⑨ 指將原本以漢字或漢文撰寫的文章，依照日語的語法與語序重新編排，並以假名標示其讀音。詳參凡例注一。

⑩「臨（てら）ひ」讀作「てらい」，「夕（ゆうへ）」讀作「ゆうべ」，「向（む）かふ」讀作「むかう」。「歷史假名遣」之讀法，詳參凡例第五點，以下之注十四、十七、二十五亦同。

## 日文摘要

死に臨む

金烏⑪（太陽）が西に傾き、時を告げる太鼓の音が、間もなく露と消えゆく我が命を死へとせきたてているようだ。賓客でもなければそれを迎える主人もいない黄泉路のひとり旅。今夕、私は住みなれた家に別れを告げ、旅立って行くのである。

## 中文摘要

金烏（太陽）正飛往西方，並在建築物上添上一抹夕陽下山的紅光。報時的太鼓聲似乎在催促我那如同朝露般短暫的生命前往死亡。一人獨行的黃泉路上，沒有其他旅客也沒有迎接旅客的主人。今晚，我將告別我熟悉的家，踏上旅程。

## 3 作品賞析

大津皇子於天智二年（西元六六三年）出生，持統朱鳥元年（西元六八六年）逝世，

⑪ 依據《日本漢詩集》新編日本古典文学全集八十六（小学館），頁二十七，頭注七所述：「金烏」為太陽的別稱，傳說太陽中棲息著一隻三足金烏而得名。

結束他短暫的二十四年人生。他年少時與天武天皇一同經歷了壬申之亂（西元六七二年）[12]。在天武天皇駕崩後，大津皇子受到新羅僧人——行心（行心）的唆使而踏上謀反之路（是否有確實的謀反，有許多不同的論點），隨後便迅速地被「賜死」。有關大津皇子之死，《日本漢詩集》（日本漢詩集）寫道：其實是草壁皇子之母（鸕野讚良皇女，日後的持統天皇，亦是大津皇子之姨母）為保護其子的安全，同時穩固其子之地位所設下的計謀[13]。

除此之外，《懷風藻》針對大津皇子的謀逆，有以下的描述：

時有新羅僧行心。解天文卜筮。詔皇子曰。太子骨法。不是人臣之相。以此久在下位。恐不全身。因進逆謀。迷此詿誤。遂圖不軌。嗚呼惜哉。蘊彼良才。不以忠孝保身。近此奸豎。卒以戮辱自終。古人慎交遊之意。因以深哉。

此段主要敘述新羅僧人行心，以天文卜筮指出大津皇子並非是居於人臣之位，若久在此位，恐性命不保。大津皇子聽信了行心的話語而興起謀逆，最終致死。這段敘述中，除哀惜大津皇子之外，也批判了大津皇子的交友不慎。

有關「賜死」一事，《日本書紀》〈持統天皇紀〉寫道：「庚午、賜死皇子大津於訳語田舍。時年二十四。妃皇女山辺被髮徒跣、奔赴殉焉。見者皆歔欷。」由此可

⑫ 壬申之亂相關資料，詳參序章注四。

⑬ 詳參注十一書，頁二十七至二十八。

知大津皇子在譯語田（現今之奈良縣櫻井市一帶）遭到賜死。〈大津皇子臨終歌〉為大津皇子赴死之前所作的漢詩，內容描述自己正邁向死亡之路的心境。其妃山邊皇女（山辺皇女）披散頭髮，赤足奔走以赴，為之殉死。

除〈大津皇子臨終歌〉外，《懷風藻》中還收錄了三首大津皇子的漢詩。另外，《萬葉集》中亦有收錄大津皇子辭世之歌。內容如下：「百伝ふ　磐余の池に　鳴く鴨を　今日のみ見てや　雲隠りなむ」⑭（巻三：歌號四一六）。此歌的題詞⑮「大津皇子、死を被りし時に、磐余⑯の池の堤にして涙を流して作らす歌一首」⑰，說明此歌是大津皇子在被處刑前於磐余池的河堤邊，流淚所作。歌中所提到的「雲隠り」，是指隱藏在雲中，暗喻著「消失、死亡」。依據國文學者窪田空穗（窪田空穂）之解釋，在日本上代的信仰中，「雲隠り」象徵著貴人去世後，魂魄飛升上天，以致無法用肉眼看見；「なむ」則是對將來的推測⑱。在此歌中，大津皇子從視覺看到的池、鴨、雲等自然景觀，到聽覺聽到的鴨的啼叫，進一步描繪到自己也即將「雲隱」（消失、死亡）的心情，從「景」到「情」的層層遞進，透過自然景象來描寫自己死前的心情，引發讀者深深的共鳴。

⑭「百伝ふ」讀作「ももづたう」，「今日（けふ）」讀作「きょう」，「なむ」讀作「なん」。
⑮指詩歌之標題或是作歌動機、作歌背景之說明。
⑯「磐余」泛指奈良縣櫻井市中部至橿原市東南部這一代的古地名。《国史大辞典》，https://japanknowledge-com.proxyone.lib.nccu.edu.tw:8443/lib/display/?lid=30010zz042380（西元二〇二四年八月十二日查閱）
⑰「大（おほ）」讀作「おお」，「被（たまは）り」讀作「たまわり」，「磐余（いはれ）」讀作「いわれ」。
⑱窪田空穂（一九八五）《萬葉集評釋　第二卷》（東京堂出版），頁二九六。

同樣的寫作手法，也出現在〈大津皇子臨終歌〉。此歌中，大津皇子從視覺中看到金烏（在此指太陽，詳參「延伸學習」）飛往西方，並在建築物上染起一抹夕陽下山的紅色；同時，聽到急迫的太鼓聲彷彿催促著自己短暫的生命即將消逝。這首臨終歌，也同樣是從視覺出發（太陽、紅色），再到聽覺（太鼓聲）；從夕陽西下到生命的消逝；從「景」到「情」，一步一步加深情感，描繪自己的心情。尤其在第三句「泉路無賓主」，充分顯露了獨自一人赴死的孤獨感，第四句「此夕離家向」則描繪了今晚必須離家、前赴黃泉之路的無奈與悲愴。

另外，大津皇子之姊大伯皇女將大津皇子的遺體移葬於二上山，她哀悼大津皇子所做的詩歌被收錄於《萬葉集》第二卷中。大伯皇女之歌列為「延伸學習」。

## 4 延伸學習

### (1)川島皇子

川島皇子為大津皇子的摯友，有關其出生，《日本書紀》天智七年春正月條中有如下的記載：「又有宮人生男女者四人。有忍海造小竜女、曰色夫古娘。生一男二女。其一曰大江皇女、其二曰川嶋皇子、其三曰泉皇女。」從這裡可以知道：川島皇子的母親為忍海造的小龍女，名為色夫古娘（色夫古娘（しこぶこのいらつめ）），不過，色夫古娘究竟是何背景？

並無太多記載。

《懷風藻》記載川島皇子為天智天皇第二皇子，享年三十五歲，以此逆推，川島皇子於齊明三年（西元六五七年）出生，較大津皇子年長六歲。川島皇子雖為先帝天智天皇之子，不過他與天武天皇家族有著密切的關係。川島皇子不但娶了天武天皇之女泊瀨部皇女（泊瀨部皇女（はつせべのひめみこ））為妻，更在天武天皇八年（西元六七九年）與天武天皇、皇后及其他六位皇子參與了吉野宮的盟約。並且也在天武天皇十年（西元六八一年），與忍壁皇子（忍壁皇子（おさかべのみこ））等人一起參與了「帝紀」[19]和「上古諸事」[20]的記錄編纂工作。他更是與大津皇子關係親近，大津皇子視其為至交好友。《懷風藻》針對川島有以下的敘述：

> 皇子者。淡海帝之第二子也。志懷溫裕。局量弘雅。始與大津皇子。為莫逆之契。及津謀逆。島則告變。朝廷嘉其忠正。朋友薄其才情。議者未詳厚薄。然余以為。忘私好而奉公者。忠臣之雅事。背君親而厚交者。悖德之流耳。但未盡爭友之益。而陷其塗炭者。余亦疑之。位終于淨大參。時年三十五。

川島皇子起初與大津皇子為莫逆之交，但卻祕密告發大津皇子的謀逆，因而獲得當時以天武天皇的皇后（鸕野讚良皇女）以及草壁皇子為首的朝廷認可他的忠誠，同

---

⑲ 以歷代天皇的系譜為中心之重要事蹟。詳參《日本書紀③》新編日本古典文学全集四（小学館），頁四〇七，頭注十七。

⑳ 各種傳說與故事。詳參注十九書，頁四〇七，頭注十八。

時也讓皇子的朋友們認為他人情涼薄。不過《懷風藻》的作者認為川島皇子能摒棄私情，而以公義為先，這是真正忠臣的高尚行為，只是川島皇子未能替朋友爭取益處，反倒讓對方陷於塗炭之地，針對此點，作者抱著存疑的態度。

### (2)太陽與烏鴉

有關太陽與烏鴉的關聯性，早在中國的文獻中便有記載。例如《山海經》〈大荒東經〉[21]中寫道：

> 大荒之中，有山名曰孽搖頵羝，上有扶木，柱三百里，其葉如芥。有谷曰溫源谷。湯谷上有扶木。一日方至，一日方出，皆載於烏。

依據《山海經》所描述，古代有十個太陽，每個太陽皆由烏鴉載著從湯谷扶桑樹飛出去，經過天空之後，再由烏鴉載著飛回到湯谷扶桑樹。射日神話中的后羿之所以能將太陽射落，那是因為他射中了載著太陽的烏鴉[22]。

《淮南子》[23]〈精神訓〉中也提到：「日中有踆烏，而月中有蟾蜍。」高誘注：「踆猶蹲也　謂三足烏　踆讀踆魏之踆」。從載著太陽的烏鴉，演變成在太陽中的烏鴉，

㉑ 楊錫彭注（二〇〇四）《新譯山海經》（三民書局），頁三二四。
㉒ 有關十日神話，詳參管東貴（一九六二）〈中國古代十日神話之研究〉《國立中央研究院歷史語言研究所集刊》第三十三本（國立中央研究院歷史語言研究所），頁二八七至三二九。
㉓ 熊禮匯注（一九九七）《新譯淮南子》（三民書局），頁三〇六。

而此烏鴉並非單純的烏鴉，依高誘所注為「三足烏」。在中國，烏鴉被描述為擁有三隻腳，其實並非是固定的說法。起初牠們被描繪為普通的兩隻腳，後來由於奇數代表向前行動的動力，因此烏鴉被描繪為擁有三隻腳，因此也被稱為三足烏。此外，三足烏被認為是神聖的象徵，後也被稱為「日精」（太陽的精魂）。

東西方都有將烏鴉視為太陽的象徵之文化，但為什麼黑色的烏鴉會被認為是太陽的象徵呢？比較神話學者篠田知和基（篠田知和基（しのだちわき））指出：太陽是光亮的代表，烏鴉是黑暗的代表，兩者在神話中剛好是對照的存在，而神話也如同夢境一般，是現實的相反，因此黑色的烏鴉在神話中象徵了太陽。㉔

### (3)《萬葉集》（卷二：歌號一六五至一六六，大伯皇女）

《萬葉集》第二卷中收錄有大伯皇女哀悼弟弟大津皇子所作的兩首和歌（歌號一六五至一六六），內容如下：

移葬大津皇子屍於葛城二上山之時、大来皇女哀傷御作歌二首

一六五　宇都曾見乃　人尓有吾哉　従明日者　二上山乎　弟世登吾将見

一六六　礒之於尓　生流馬酔木乎　手折目杼　令視倍吉君之　在常不言尓

㉔ 篠田知和基（二〇〇八）〈白鳥と烏〉，篠田知和基《世界動物神話》（八坂書房），頁一五五至一五七。

〔読(よ)み下(くだ)し文(ぶん)〕

大津皇子の屍(かばね)を葛城(かづらぎ)の二上山(ふたがみやま)に移し葬(はぶ)る時に、大伯皇女の哀傷して作らす歌二首

一六五　うつそみの　人なる我(あれ)や　明日(あす)よりは　二上山を　弟(いろせ)と我(あ)が見む

一六六　磯(いそ)の上(うへ)に　生(お)ふるあしびを　手折(たを)らめど　見すべき君が　ありといはなくに㉕

〔中文摘要〕

將大津皇子的屍骸移葬於葛城二上山時，大來皇女悲傷地作了兩首和歌

一六五　活著的我，再也無法見到弟弟了。所以，明天開始我就將二上山視為我的弟弟吧！

一六六　我本想摘下長在岩石邊的馬醉木給你看，但你卻已看不到了。

歌號一六五詩句中的「宇都曾見」（宇都曾見(うつそみ)）意指現世的人，「弟世」則是指弟弟（弟(いろせ)，一母所出之兄弟）或是弟弟去世後的世界。這首和歌表達了作者對於弟弟之死的悲傷和對二上山的特別情感，並將山丘視為弟弟的化身。「二上山」不僅是一

㉕「上（うへ）」讀作「うえ」，「折（を）らめ」讀作「おらめ」。

**奈良縣葛城郡，二上山的夕陽**

原圖連結：Copyright (c) 2021 Katsuragi City. All Rights Reserved. 葛城市公式サイト https://www.city.katsuragi.nara.jp/kanko_bunka_sports/kanko/3/2/4418.html（西元二〇二五年七月二十五日查閱）

奈良縣葛城郡，二上山與紫雲英（又稱紅花草）

原圖連結：Copyright (c) 2021 Katsuragi City. All Rights Reserved. 葛城市公式サイト https://www.city.katsuragi.nara.jp/kanko_bunka_sports/kanko/3/2/4418.html（西元二〇二五年七月二十五日查閱）

個地理位置，亦可視為是古代日本人對於死亡、喪葬和紀念的文化象徵。

歌號一六六中的「礒（いそ）」，是「石」之古語，古代也有將「石」讀做「いそ」，例如「石上（いそのがみ）」等等㉖。而「馬醉木」一名，如同其名，是指馬兒吃了該樹葉就會醉的一種植物。馬醉木的全株含有木藜蘆毒素，會刺激迷走神經，輕微中毒和喝醉症狀類似。春季發紅色新芽時非常漂亮，開花更是潔白美麗㉗。此歌描述大伯皇女傷感再也無法將美麗的花兒摘下給弟弟看。大伯皇女用這兩首和歌，表達了對弟弟大津皇子死亡的悲傷。

## 5 豆豆小知識——「二上山」（二上山（にじょうさん））㉘

「二上山」主要由火山岩與火山碎屑岩組成，火山活動停止後，經過長期的風化與侵蝕，塑造出今天的雙峰地形（雄岳與雌岳）。二上山位於金剛山地（葛城山系）北部，橫跨大阪的太子町和奈良縣北葛城郡當麻町，山頂屬於當麻町。二上山的雌岳標高四七四米，雄岳標高五四〇米，大津皇子的墳墓位於雄岳的山頂上。

㉖「礒」之相關解釋詳參注十一書，頁三四一。

㉗馬醉木之相關資料，詳參〈農業知識入口網〉，https://kmweb.moa.gov.tw/theme_data.php?theme=plant_illustration&id=485（西元二〇二四年八月十八日查閱）

㉘古文讀為「ふたがみやま」。二上山之相關資料，詳參《日本歷史地名大系》，https://japanknowledge.com/lib/display/?kw=二上山&lid=30020280000350700（西元二〇二四年八月二十日查閱）

此外，太子町的磯長谷被稱為「王陵之谷」，其中建有許多被認定為聖德太子墓和天皇陵的古墳，當夕陽沉落在雄岳和雌岳之間時，其景象被視為是西方淨土。從這裡也可以知道，二上山除了是大津皇子的安魂之地，更是日本人的宗教聖地。

## 6 主要參考文獻（依出版日排列）

（日文文獻）


- 小島憲之校注（一九六四）《懐風藻　文華秀麗集　本朝文粋》日本古典文学大系六十九，東京：岩波書店
- 窪田空穂（一九八五）《萬葉集評釋　第二卷》，東京：東京堂出版
- 小島憲之等校注・訳（一九九八）《日本書紀③》新編日本古典文学全集四，東京：小学館
- 菅野禮行、徳田武校注・訳（二〇〇二）《日本漢詩集》新編日本古典文学全集八十六，東京：小学館
- 篠田知和基（二〇〇八）〈白鳥と烏〉，篠田知和基《世界動物神話》，東京：八坂書房

## （中文文獻）


- 管東貴（一九六二）〈中國古代十日神話之研究〉《國立中央研究院歷史語言研究所集刊》第三十三本，台北：國立中央研究院歷史語言研究所
- 熊禮匯注（一九九七）《新譯淮南子》，台北：三民書局
- 楊錫彭注（二〇〇四）《新譯山海經》，台北：三民書局


## 網路資料


- 川島皇子：《国史大辞典》
https://japanknowledge-com.proxyone.lib.nccu.edu.tw:8443/lib/display/?lid=30010zz1171
30（西元二〇二四年六月三日查閱）
- 壬申の乱：《国史大辞典》
https://japanknowledge-com.proxyone.lib.nccu.edu.tw:8443/lib/display/?lid=30010zz2587
50（西元二〇二四年六月三日查閱）
- 磐余：《国史大辞典》
https://japanknowledge-com.proxyone.lib.nccu.edu.tw:8443/lib/display/?lid=30010zz0423
80（西元二〇二四年八月十二日查閱）

- 馬醉木：農業知識入口網
https://kmweb.moa.gov.tw/theme_data.php?theme=plant_illustration&id=485（西元二〇二四年八月十八日查閱）
- 二上山：《日本歷史地名大系》
https://japanknowledge.com/lib/display/?kw=二上山&lid=30020280000350700（西元二〇二四年八月二十日查閱）
- 葛城市公式サイト
https://www.city.katsuragi.nara.jp/soshiki/shokokankoka/6/2/1830.htmlx（西元二〇二四年八月二十日查閱）

終章

# 上代文學之風格與特色

以上各章，分別從日本上代文學代表作品《古事記》、《日本書紀》、《風土記》、《萬葉集》、《懷風藻》中精選出〈黃泉國訪問神話〉、〈山幸海宮訪問神話〉、〈聖帝傳說〉、〈神功皇后傳說〉、〈箸墓傳說〉、〈雄略天皇歌〉、〈詠水江浦島子歌〉、〈伊香小江傳說〉、〈大津皇子臨終歌〉等，從散文與韻文、神話傳說與地方志、和歌與漢詩等綜合的面向切入，進行文本介紹、作品賞析，並且將補充資料列為延伸學習。

透過本書的賞析，可以知道上代文學之風格與特色，像是日本上代的神話傳說中，經常出現異界訪問（訪問不同世界）、異常誕生、異常能力、異類婚（例如：動物婚）、神婚、羽衣傳說、禁忌（不要看、不要驚、不要說等）、詢問對方名字、言靈信仰等等母題，每一個母題彼此之間可以環環相扣，也可以單獨存在，形成豐富的配搭模式與樣貌。而這些母題經常在「英雄神話」或「異類婚」這兩大主題中進行串聯，因此「英雄神話」與「異類婚」可視為日本上代文學的核心主題。以下針對這兩大核心主題，分項進行解說。

# 1 上代文學的核心主題——「英雄神話」與「異類婚」

## (1)英雄神話

有關「英雄」，美國著名的神話學家約瑟夫・約翰・坎伯（Joseph John Campbell，西元一九〇四至一九八七年）在其巨作《千面英雄》（The Hero with a Thousand Faces，西元一九四八年）一書中寫道：「所謂的英雄，是以自身的力量完成自我克服之使命的人。」[1]《千面英雄》一書從人類學、考古學、生物學、文學、心理學、比較宗教學、藝術及流行文化等多個領域，透過大量的例子揭示了宗教與神話中的真理，坎伯並從中提煉出獨特的神話學觀點。坎伯認為每個人都有機會成為英雄並進行英雄之旅，而英雄之旅的基本架構是「（一）召喚→（二）啟程→（三）歷險→（四）回歸」等四階段，這架構是典型的英雄行動規律。

依循坎伯所提出的英雄行動規律的基本架構，日本上代的神話傳說幾乎都具有「英雄神話」的色彩。主角的「出走（啟程）」是為了讓主角離開既有的生活圈，前往另一個世界（異界、異鄉）接受試煉（歷險），這將使主角從原本的孩童心智成長為大人，接著以成熟的面貌「回歸」原有的生活圈，成為該生活圈之領袖或是英雄。對於第二

① ジョゼフキャンベル（Joseph John Campbell）著，平田武靖等訳（一九八四）《千の顔をもつ英雄（上）》（人文書院），頁三十一。

階段的「啟程」，日本上代文學研究學者西條勉（西條勉）認為：「故事主角前往異界（異鄉）通常不是主動或樂意去的，而是不情願、或是偶然，或被他人帶去的。」[②]例如第二章和第三章中所提到的大穴牟遲神（日後的大國主神），因為被哥哥們欺負，有生命危險，因此聽從母親的安排以及木國之大屋毘古神的建議，不得不離開葦原中國（現世），前往須佐之男大神所統治的根之堅州國。又如〈山幸海宮訪問神話〉中，山幸因遺失哥哥的釣針，無計可施之下只好聽從了鹽椎神的計策去到了海神宮。這兩則故事的男主角，都是在不情願、或是偶然，或被他人帶去的狀態下前往異界。在浦島傳說中，男主角浦島子（嶼子、浦嶼子、浦島太郎）雖然不是「不情願」的狀態，但卻也是被神女（《萬葉集》版），或被男主角所救的烏龜，「帶去」海神宮（或龍宮城）的，可視為是西條勉所說的「偶然」或是「被他人帶去」異界（異鄉）的類型。

這些主角前往異界後，通常會經歷坎伯所說的英雄行動規律，他們會有許多歷險經驗，例如第三章「延伸學習」中提到：大穴牟遲神經歷了種種的試煉，並取得了根之堅州國的寶物後，便帶著須勢理毘賣離開了根之堅州國。其所受到的「試煉」，是指根之堅州國之主——須佐之男大神對大穴牟遲神出了三道難題，前兩道難題（進入蛇穴、蜈蚣與蜜蜂穴）在妻子須勢理毘賣的幫助下順利脫困，而最後一道難題（大野荒原中撿鳴鏑[③]）則差點就讓大穴牟遲神被燒死在荒原中。

② 西條勉（二〇〇九）《千と千尋の神話学》（新典社），頁十九。
③「鳴鏑」指的是軍中發號令的響箭。

然而男主角在前往異界之後，經常會與異世界的女子結婚，例如大穴牟遲神與須勢理毘賣結婚、山幸與海神之女豐玉毘賣結婚。結婚，是人生重要的「通過儀禮」④之一，意味著少年、少女長大成人。而在這些婚姻故事中，女子通常扮演了「性啟蒙」者的角色，透過婚姻使男孩成長為男人，「性啟蒙」可說是男性成人儀式中重要的一環。藉由這樣的成人儀式使主角成長，大穴牟遲神與山幸，都從異界帶回現世所沒有的神祕咒術之力以及內含著咒力的寶物，打敗了欺負他們的哥哥們，分別成為了大國主神以及日本初代天皇神武天皇之祖，完成他們「回歸」後成為英雄或是領袖的這個旅程。⑤

「英雄」之旅也不單單只適用在男性身上，雖然傳統英雄形象多以男性為主，但隨著時間的推移，女性的英雄形象也逐漸被重視和探討，例如動畫電影《神隱少女》中的女主角荻野千尋。千尋在「不情願」的情況下，跟隨父母穿過隧道，無意間去到了湯婆婆的世界，在那個世界，千尋從一個膽小無助的少女，經過許多的危險，逐漸長大成為可以拯救父母親的人。雖然在《神隱少女》中沒有加入「結婚」的要素，不過也有她與男主角白龍之間互相幫助、互相救贖，並使白龍想起自己的名字的情節，從這個角度來看，千尋也是幫助白龍長大成熟的人。這一類的英雄故事，在現今諸多的東西方文學或文藝作品，甚至影視作品中不斷出現，從中可以看到英雄的跨文化性

④ 人一生必經的過程而舉行的儀禮，包括生產儀禮、成年禮、結婚禮、喪禮等。
⑤ 在這兩位男主角的故事中，亦包含了「兄弟相爭」的母題。

（從男性到女性）以及英雄的多樣性。從古典文學到現代動畫，從東方到西方，英雄神話歷久彌新，在不同文化和媒介中呈現出更為豐富的樣貌。

## ⑵異類婚

「異類婚」這一主題應用非常廣泛。在日本上代文學所記載的神話傳說中，若男女有一方具有動物的身體，那麼就神話的大範疇而言，便歸屬於「異類婚」；若異類具有神性時，例如動物神，則該婚姻便可視為「神婚」（例如大物主神的神婚故事）；若是隸屬於不同世界之男女的婚姻，則可稱為「異界婚」（例如大穴牟遲神與須勢理毘賣、山幸與豐玉毘賣之婚姻）。

此外，異類婚又可分為「異類婿」（男子是異類）和「異類女房」（女子是異類）。然而不管是異類婿或是異類女房的故事，「變身」都是不可或缺的要素，特別是在日本的神話傳說中，即便是動物神，也會先以人類的樣貌出現，再與人類結婚。不過一旦其動物的原形或真實身分被揭露的話，婚姻就會破局。因此，在異類婚中「不要看」的「禁忌」與「打破禁忌」，便成為推進故事發展非常重要的元素。「禁忌」與「打破禁忌」，不只會影響到婚姻關係，更甚者可能會導致死亡，例如《萬葉集》的水江浦島子因破壞了與妻子的約定，打開了盒子，便再也無法回到妻子所在的世界與妻子重逢，男主角最終衰老而亡。

故事中也經常會有女主角或是其家人想要探查異界（或異類）男子真實身分的情節，但在知曉其真實身分後，除了婚姻破局外，死亡也伴隨而來，例如〈箸墓傳說〉中的倭迹迹日百襲姬命。

而在異類女房的傳說中，又有一類的故事描述女主角來自天上，或是擁有白鳥的型態，這又與白鳥處女傳說、羽衣傳說有關。在這些傳說中，當天女找到了被人類男子藏起來的羽衣，便是她飛昇回天上的時候。羽衣傳說等等這些上代神話傳說經常出現的元素，也被平安時代之後的各時代作品變化應用，例如《竹取物語》中亦有天人從月宮帶來羽衣給赫映耶姬的情節。被譽為「日本物語之祖」的《竹取物語》，故事情節融合了異常誕生、異常生長、羽衣等諸多上代神話傳說中已經出現的母題；《源氏物語》中的光源氏之須磨流放，也可視為是光源氏的英雄之旅，而回京之後的光源氏無論在情感或是政治地位上都有大的轉變，就故事情節上也符合啟程、歷練、回歸之結構[⑥]。從這裡也可以知道存在於日本上代文學中豐富的母題，深深影響了後世的文學作品。

「結婚」不僅代表一個人的長大成熟，在日本古代社會中，也代表一個族群與另一族群（例如：天皇家與葛城氏）、一個世界與另一個世界（例如：葦原中國與根之

⑥ 詳參拙著（二〇二〇）〈《源氏物語》：從光源氏的戀愛故事看另一個英雄神話〉，姜翠芬主編《從文學看世界》（政大出版社），頁六十七至八十八。

堅州國、人類世界與天上世界）的結合。因此也容易衍生出忌妒等等故事情節，例如仁德天皇皇后石之日賣命的忌妒、須勢理毘賣的忌妒等。

由此可知，英雄之旅中結合了異界訪問的母題，而異界訪問又經常配搭異類婚（含神婚、異界婚）、異常誕生、始祖誕生、禁忌與打破禁忌、真實身分被發現、忌妒等等母題，有時還會再結合兄弟相爭、老賢人（例如鹽椎神）給的意見，或是羽衣傳說等等。各個母題之間自由地組合，形成上代神話傳說中多彩多姿的樣貌。而這些母題與樣貌不僅提供了後世文學、文藝作品，甚至是現代影視作品豐富的材料，同時也是理解日本人的文化信仰、知曉其文化底蘊重要的素材。

## 2 文字與文學的發展

本書從以《古事記》為首的五大作品中摘錄了神話傳說、地方志、和歌與漢詩等共九個章節，從這些作品中，可以看到上一節所述的豐富母題與核心主題，以及多彩的故事情節與人物形象。同時，從口傳文學到記載文學、從漢字的傳入到日本文字的創造等等，上代文學作品在各方面都呈現出日本文學發展的軌跡與成長。

日本，是古代東亞漢字文化圈的成員之一，漢字為古代東亞各國共通的文字。從日本上代文學中可以看到日本一邊使用漢字，借用漢字的音或義（例如萬葉假名），一邊發展出自己的假名表記方式（例如平假名、片假名等等）。在使用漢字的同時，也在學習與模仿漢文，例如日本第一本正史——《日本書紀》，除了歌謠、人名和地名外，全書幾乎都是使用漢文的文體，並採用漢文編年體的敘事方法。《懷風藻》則全書皆為漢詩，是日本首部漢詩集。

除此之外，上代文學的作品中也經常會出現變體漢文，或是漢文體中夾雜著用萬葉假名表記的人名、地名或歌謠，例如《古事記》、《日本書紀》、《風土記》；也會看到以萬葉假名為主，附帶漢文序之和歌型態，例如《萬葉集》。從漢字與漢文之應用中，我們可以看出日本上代文學吸收漢字、學習漢文、更進一步發展出假名的歷程。不僅如此，除了文字，上代文學的諸多神話傳說故事、詩歌集中也經常援用漢籍的典故與思想，例如《史記》、《後漢書》、金烏思想、聖王思想等等。

日本上代文學以漢字出發、以漢文為基底發展出日式漢文體、變體漢文、萬葉假名、平假名、片假名等文體以及表記方式，而日本上代文學作品中所記載的故事，除了包含著豐富的母題，可以自由地組合之外，各書也常帶有政治色彩，例如《古事記》的〈山幸海宮訪問神話〉、《萬葉集》的〈雄略天皇歌〉等。由此可知，作為日本文學先驅的「上代文學」，不管是在文體、表記、歌謠與傳說之融合、故事型態和母題的應用等各方面，都具有多樣性、文學性以及文藝色彩，對於後世的文學作品更有不小的影響力。願本書成為開啟日本上代文學的一扇美麗窗口，從這窗口穿越時空徜徉在各樣神話傳說與詩歌中，並能更認識這些作品背後所蘊藏的日本文化。

## 3 參考文獻（依出版日排列）


- ジョゼフキャンベル（Joseph John Campbell）著，平田武靖等訳（一九八四）《千の顔をもつ英雄（上）》，京都：人文書院
- 西條勉（二〇〇九）《千と千尋の神話学》，東京：新典社
- 鄭家瑜（二〇二〇）〈《源氏物語》：從光源氏的戀愛故事看另一個英雄神話〉，姜翠芬主編《從文學看世界》，臺北：政大出版社

# 謝辭

有關本書的出版，身為《日本文學經典賞析》叢書召集人的我，首先感謝本套叢書之作者群（蔡嘉琪、陳文瑤、曹景惠、蔡佩青、梁蘊嫻、沈美雪、高啟豪、廖秀娟，以上依編撰時代排序）諸位老師之間的相互督導與勉勵，並透過一次次的編輯會議，激盪出許多創意，也使得編撰方向、撰寫格式等等變得更為具體，同時讓整套叢書的風格也更具有統一性。在忙碌的教研生活中，作者群願意抽出時間來一同編撰，一起開創全臺第一套日本經典文學賞析的叢書，這革命的情感，讓我難以忘懷，在此深深致上謝意。同時，要特別感謝林水福教授、陳明姿教授兩位師長，在忙碌之餘，特地撥冗為後學撰寫推薦序，讓本書增色不少。

再者，要大大感謝瑞蘭國際出版王愿琦社長、葉仲芸副總編輯以及編輯團隊的夥伴，在出版業充滿挑戰的大環境中，有著火眼金睛，看到日本經典文學在臺灣還有許多可以耕耘的地方，願意出錢出力，並給予筆者極大的耐心、鼓勵以及隨時的幫助，才使得本書可以付梓。而身為本套叢書第一冊《上代文學篇》的作者，心中有小小的害怕，擔心撰寫的內容未能符合出版社以及師長和同伴們的期待；但另一種心情則是如同母親一般，畢竟這三年來，時時刻刻守護著這本如即將誕生嬰孩的作品，心中自是滿懷盼望與期待誕生的欣喜。

此外，感謝三年來研究室助理黃昱禎、賴禾旻、鄭郁誼在資料整理等方面輪流給予許多協助，讓筆者能更專注於內容之撰寫。更要特別謝謝身旁諸多的師長、同仁和親友不斷地鼓舞與體諒，以至於能在公務、教研工作繁忙，蠟燭好幾頭燒的情況下，持續初衷與信念，完成此書。若無作者群的夥伴、出版社夥伴、研究室夥伴以及師長、同仁和親友的支持，此書是否能付梓還未可知。感謝之情無法句句言語，只能託這短短的謝辭表達心意。

上代文學典籍浩瀚精采，本書所摘錄者僅屬一隅，難免有所遺珠，懇請海涵。至於文中解析與注釋，亦未必面面俱到，若有疏漏，尚祈不吝賜教。筆者當以諸賢之指正與鼓勵為資糧，砥礪前行，期能於往後的教學、研究中不斷精進，僅此致以誠摯謝意。

最後，感謝日本國學院大學「古典文化學」事業、葛城市政府產業觀光部無私地提供珍貴照片，為本書增添光彩，使本書內容更加充實。

國家圖書館出版品預行編目資料

日本文學經典賞析 ①上代文學篇：穿越時空的神話傳說與詩歌 /
鄭家瑜著
-- 初版 -- 臺北市：瑞蘭國際, 2025.09
224面；17x23公分 --（日本文學系列；01）
ISBN：978-626-7629-87-1（平裝）
1. CST：日語 2. CST：讀本
803.18 114011996

日本文學 01

# 日本文學經典賞析

## ①上代文學篇：穿越時空的神話傳說與詩歌

作者：鄭家瑜
責任編輯：葉仲芸、王愿琦
校對：鄭家瑜、劉欣平、葉仲芸、王愿琦、詹巧莉
特約編輯：詹巧莉

封面設計、版型設計：劉麗雪
內文排版：陳如琪



出版社：瑞蘭國際有限公司
地址：台北市大安區安和路一段104號7樓之1
電話：(02)2700-4625・傳真：(02)2700-4622
訂購專線：(02)2700-4625
劃撥帳號：19914152 瑞蘭國際有限公司
瑞蘭國際網路書城：www.genki-japan.com.tw

法律顧問：海灣國際法律事務所 呂錦峯律師

總經銷：聯合發行股份有限公司
電話：(02)2917-8022、2917-8042
傳真：(02)2915-6275、2915-7212
印刷：科億印刷股份有限公司
出版日期：二〇二五年九月初版一刷
定價：五八〇元・ISBN：978-626-7629-87-1

瑞蘭國際

瑞蘭國際

瑞蘭國際

瑞蘭國際